망한 가문의 검술 천재가 되었다 16 완결

2024년 1월 12일 초판 1쇄 인쇄
2024년 1월 17일 초판 1쇄 발행

지은이 소구장
발행인 김관영

기획 이기헌 왕소현 임동관 박경무 강민구 조익현
책임편집 천기덕
마케팅지원 이원선

발행처 (주)로크미디어
출판등록 2003년 3월 24일
주소 서울시 마포구 마포대로 45 일진빌딩 6층
Tel (02)3273-5135 **Fax** (02)3273-5134
홈페이지 rokmedia.com **E-mail** rokmedia@empas.com

© 소구장, 2022

값 9,000원

ISBN 979-11-408-1267-7 (16권)
ISBN 979-11-408-0358-3 04810 (세트)

망한 가문의 검술 천재가 되었다

완결 ⟨16⟩ 소구장 퓨전 판타지 장편소설

CONTENTS

Chapter 1

코넬리오 본가.

지난 천 년의 역사 속에서 늘 대륙제일로 군림하는 자만이 앉았던 영광의 자리.

그곳에는 당연히 현 코넬리오가의 가주 그레이엄 코넬리오가 앉아 있었다.

눈을 감고 있던 그의 주위로 불길한 기운이 감돌았다.

그 기운이 향하고 있는 곳은 그레이엄의 오른쪽 가슴팍.

두근, 두근, 두근.

그의 오른쪽 가슴에 또 다른 심장이 자리 잡았다.

검은색의 드래곤 하트가 완전히 자리 잡은 후 그는 감고 있던 눈을 떴다.

번쩍.

그 안에 세로로 길게 찢어진 동공이 드러났다.

"……."

그는 말없이 자신의 몸을 이리저리 움직였다.

마치 그 감각에 익숙해지기라도 하려는 것처럼.

잠시 후 그의 입가에 만족스러운 미소가 그려졌다.

"드디어 그 길고 길었던 잠에서 깨어났구나."

오래전 맺은 계약에 따라 덴 호그는 이곳에서 다시 눈을 뜬 것이다.

그러나 이내 그의 표정이 일그러졌다.

"쯧, 여전히 부족하군."

덴 호그는 눈을 뜸과 동시에 이 대륙에 퍼져 있던 자신의 조각들을 모두 불러 모았다.

하지만 200년 전에 비하면 부족하기 짝이 없었다.

세월이 흐르며 순수한 마기가 줄어들었다.

그만큼 이 세상에 평화라는 하찮은 것이 지속되었다는 의미일 터.

"제대로 된 식사가 필요해."

지금 이것보다 훨씬 격이 높은 기운을 먹어 치워야 이 허기짐을 채울 수 있으리라.

덴 호그의 머릿속에 한 사내가 떠올랐다.

강림의 진이 연결될 당시, 그 반대편에 있던 자.

그 정도의 격이라면 먹잇감으로는 제격이리라.

게다가 그 사내의 외모는 더욱 관심을 끌었다.

진한 남색의 머리에 검은색의 눈.

그것은 슈넬덴, 그 저주받을 이름을 가진 놈들의 특징이었으니까.

200년이라는 세월이 지났음에도 그는 똑똑히 기억하고 있었다.

자신의 가슴팍에 흐드러지게 피어났던 그 눈송이들을.

그리고 그 눈송이를 피워 낸 자의 이름을.

"슈넬덴, 그 망령된 이름이 여전히 살아 있었구나."

덴 호그의 입가엔 미소가 그려졌다.

기뻤다.

자신이 슈넬덴을 짓밟고 그들의 혼을 먹어 치운다면, 루크 슈넬덴은 어떤 표정을 지을까.

그 얼굴을 상상하는 것만으로도 허기짐이 조금 가시는 것 같았다.

다다다다.

그때 문밖에서 다급한 발소리가 들려왔다.

"가주님!"

시종장은 발소리만큼이나 다급한 목소리로 외쳤다.

"무슨 일인가?"

"그것이……."

가주를 보자마자 절을 한 시종장은 순간 멈칫했다.

대전 안에 불길한 기운이 가득했기 때문이다.

그는 마나를 전혀 다룰 줄 몰랐음에도 이질감이 느껴질 정도인데, 가주님이라면 이 감각을 더욱 선명하게 느끼고 있을 터.

그럼에도 아무렇지 않게 있다니.

뭔가 이상하다는 생각이 들긴 했지만, 가주가 보채는 바람에 더 이상 생각을 이어 갈 수는 없었다.

"무슨 일이냐고 묻지 않았던가?"

"라, 라둔이 함락되었다고 합니다."

시종장은 충격적인 소식이라 생각하고서 급히 보고한 것이었지만, 가주의 반응은 무덤덤했다.

"그것은 알고 있느니라."

시종장은 눈을 동그랗게 떴다.

라둔이 점령당했다는 소식은 그곳에 있던 정보원으로부터 지금 막 전해진 것이었다.

'그걸 어떻게 가주님께서 아신 거지?'

그러나 지금은 그런 의문을 가지고 있을 때가 아니었다.

라둔이 점령당한 것보다 더 충격적인 소식이 있었으니까.

사실 이렇게 급히 달려온 것도 이 소식을 전하기 위해서였다.

"또 다른 소식이 있습니다."

"오늘따라 급한 소식이 많구나. 무엇이냐?"

"전장 곳곳에서 코넬리오의 기사들이 돌연사하고 있습니다. 그들은 하나같이 코어가 부서졌으며 코어에서 검은 기운이⋯⋯."

"그건 내가 직접 한 것이니라."

"⋯⋯."

시종장은 바닥에 납작 엎드린 상태로 굳어 버렸다.

"가, 가주님께서 직접 그들을 죽⋯⋯ 하셨다는 말씀입니까?"

자신이 뭔가 잘못 들은 것이리라.

시종장은 제발 그러기를 빌었다.

그러나 그의 바람은 이루어지지 않았다.

"그래, 코넬리오 기사들뿐만이 아니지. 흑요석을 지닌 모든 인간들이 그리되었을 것이다."

오랫동안 시종장으로서 가주를 모셔 왔기에 알 수 있었다.

그 목소리는 그레이엄의 것이 아니었다.

그제야 시종장은 확실히 뭔가 잘못되었다는 생각이 들기 시작했다.

"그 흑요석은 내 드래곤 하트였느니라. 그걸 내가 다시 취한 것이거늘, 그게 그리 문제가 되느냐?"

"가, 가주님?"

시종장은 용기를 내서 고개를 들었다.

그리고 그는 마주쳤다.

파충류의 그것과 똑같이 생긴 동공과.

가주의 입이 쭉 찢어졌다.

사람의 미소가 이토록 섬뜩할 수가 있을까.

가주는 시종장을 보며 입맛을 다셨다.

"가, 가, 가주님……."

시종장이 뒷걸음질 쳤다.

"왜 그러느냐?"

가주가 한 발짝 앞으로 걸어 나왔다.

"내 모습이 어딘가 이상하기라도 하느냐?"

시종장의 입에서는 아무 말도 나오지 않았다.

두려움이 자신의 목구멍을 틀어막은 것이다.

"너의 주군이 묻고 있지 않느냐?"

가주가 더욱 가까이 다가왔다.

탁.

시종장은 결국 문에 막혀서 더 이상 물러날 수가 없었다.

결국 그는 바닥에 납작 엎드렸다.

"사, 살려 주십시오!"

"살려 달라? 내가 무엇을 어찌하였기에 그러는 것이냐?"

가주의 몸에서 검은 마기가 풀풀 피어났다.

"으으으……!"

시종장은 극심한 공포로 몸이 굳어 버렸다.

콰악!

"켁, 케케켁!"

가주의 손이 시종장의 목을 움켜쥐었다.

시종장은 그 손아귀를 벗어나기 위해 발버둥 쳤다.

"진미를 온전히 맛보기 위해서는 그만큼 입맛을 돋우어야 겠지."

시종장의 미간에서 새하얀 무엇인가 빠져나왔다.

꿀꺽.

가주는 그 미약한 빛을 집어삼켜 버렸다.

축 늘어진 시종장의 눈은 새카맣게 물들어 있었다.

툭.

가주가 쥐고 있던 손아귀를 놓아주자, 시종장은 그의 앞에서 무릎을 꿇었다.

"내게 입맛을 돋울 만한 것들을 찾아오너라."

"예, 대신이시여."

명을 받은 시종은 비틀거리는 걸음걸이로 문을 나갔다.

그 뒤쪽으로 덴 호그가 미소를 짓고 있었다.

✿

"덴 호그는 코넬리오 가주의 몸에 강림해 있었다고. 그것도 아주 오래전부터."

"……"

너무나도 충격적인 소식에 토벌대는 아무도 입을 열지 못했다.

마룡을 처치한 대영웅의 후손에게 마룡이 강림했다니.

이 역설적인 사실에 혼란스러워하지 않을 자가 어디 있겠는가.

"그럼 이제 어떻게 해야 하는……."

테오는 말을 하려다 말고 멈췄다.

루크의 몸이 눈에 띌 정도로 떨리고 있었기 때문이다.

"결국 실패했어……."

목숨을 거는 한이 있더라도 막으려 했던 그 일이 결국 벌어지고 말았다.

200년 전의 기억이 생생하게 떠올랐다.

하늘을 온통 시커멓게 뒤덮어 버린 마기.

사람들의 터전을 짓밟는 마룡의 군단.

고통에 찬 사람들의 비명.

그리고 그 비명마저 집어삼켜 버리는 마룡의 포효까지도.

이제 그 악몽 같았던 순간이 반복될 것이다.

"괘, 괜찮아?"

테오가 루크의 어깨에 조심스럽게 손을 올리며 말했다.

"괜찮지 않아."

"루크……."

"다들 지금 상황을 얼마나 위험하게 생각하고 있는지는 몰라도, 한 가지만큼은 확실해."

"⋯⋯."

"지금 어떤 광경을 상상하고 있든 더 끔찍한 광경이 펼쳐질 거라는 거."

루크의 목소리가 미세하게 떨리고 있었다.

그 사실이 토벌대는 더욱 두렵게 했다.

루크가 저 정도로 두려워하다니.

그러나 동시에 그들은 보았다.

루크의 굳건한 눈빛을.

그는 두려워할지언정 아직 이 싸움을 포기하지 않은 것이다.

"일단 마룡은 부활했으니 이제는 무슨 수를 쓰든 그놈을 막는 수밖에 없어."

루크의 목소리는 여전히 떨리고 있었지만, 그렇다고 겁에 질린 것은 아니었다.

"우리가 막지 못한다면 우리가 지켜야 할 모든 게 마룡에게 짓밟힐 테니까."

토벌대는 일제히 고개를 끄덕였다.

마룡에 대한 두려움만큼이나 루크에 대한 믿음이 컸기 때문이다.

"마룡을 막으려면 우린 뭐부터 하면 되는데?"

"일단 토벌대는 해산한다. 모두 원위치로 복귀해. 그리고 각 수장에게 이 사실을 전하고 총방어 태세부터 갖춰."

"총공격 태세가 아니라 총방어 태세라고? 차라리 모든 군을 이끌고 우리가 먼저 공격해야 하는 거 아니야?"

생뚱맞은 질문은 아니었다.

여태껏 루크는 무슨 일에서든 먼저 공격하는 쪽을 택했으니까.

그러나 그건 마룡을 상대로는 불가능한 전략이었다.

"우리는 마룡과 싸울 준비가 다 안 됐어. 그놈과 싸우고도 무사히 살아남으려면 완벽히 준비해도 모자라."

"그러다 마룡이 먼저 공격하기라도 하면?"

"마룡이 부활했다고는 하지만 현세의 마기는 아마 놈의 허기를 모두 채워 주지 못했을 거야. 그리고 녀석은 허기가 가시고 나야 본격적으로 움직이지."

루크는 잠깐 숨을 들이쉬고는 다시 설명을 이어갔다.

"놈은 먼저 자신의 군단을 보내 영지를 쑥대밭으로 만들고 이후에 그곳의 혼을 먹어 치울 거야. 그러니까 먼저 마룡의 군단을 막을 준비부터 해."

마룡의 습성에 대해서는 어느 누구보다 잘 알고 있는 루크였다.

그렇기에 이토록 자신 있게 말할 수 있는 것이었다.

"알아들었으면 지금 바로 해산해. 그리고 내가 했던 말들은 그대로 전하고."

"예!"

토벌대는 루크의 말을 듣고 곧장 흩어졌다.

세상이 멸망할 수도 있다는 소식을 전하기 위해서.

❦

라둔을 벗어나는 길에 혹시나 흑성교의 잔당을 만나 시간
이 지체되는 것은 아닐까 걱정했다.

그러나 사제들을 보기는 했어도 그들과 직접 전투를 벌이
지는 않았다.

그들은 이미 가슴팍이 터진 상태로 죽어 있었기 때문.

그동안 저들에게 무슨 일이 있었는지는 알 수 없었지만,
어쨌든 그 덕분에 그들은 전속력으로 슈넬덴으로 돌아올 수
있었다.

루크 일행이 복귀한다.

그 소식이 전해지자마자 율리안은 한달음에 정문까지 뛰
어나왔다.

털썩.

율리안을 보자마자 루크는 무릎을 꿇었다.

그 뒤를 따라 테오 사단도 무릎을 꿇었다.

"죄송합니다. 마룡의 부활을 막겠다고 했던 약속은 지키

지 못했습니다."

와락.

율리안은 아무 말도 없이 그들을 안아 주었다.

"너희는 약속을 지켰다."

율리안의 눈가엔 눈물이 고여 있었다.

"이리 무사히 돌아오지 않았더냐? 내가 모든 슈넬덴군을 이끌고 라둔으로 쳐들어가지 않게 해 주어 고맙다."

"아버지……."

"일단은 들어가자꾸나. 자세한 내용은 안에서 들어가도 될 테니."

"네."

그들은 대전으로 자리를 옮겼다.

원래는 원로회도 참가할 예정이었지만, 루크의 요청에 의해 이곳에는 오직 율리안과 테오 사단만 남아 있게 되었다.

이유는 간단했다.

어느 누가 인류의 반역자가 될지 모르기 때문.

마룡이라는 압도적인 재앙 앞에서는 그 어떤 인간이라도 마음이 무너지기 마련이다.

그리고 마룡은 그런 인간의 정신에 쉽게 간섭할 수 있다.

루크는 과거 그렇게 인류의 반역자가 된 이들을 많이 봤었다.

그는 그 공포에 무너져 인류를 팔아 버린 사람들을 많이 봤었기에 조금 더 조심하려는 것이다.

"말해 보거라. 라둔에서 무슨 일이 있었는지."

대전에 앉은 율리안이 루크 일행에게 물었다.

루크는 보고하기에 앞서 먼저 인사를 올렸다.

"먼저 증원군을 보내 주신 것부터 감사드려야겠네요. 증원군이 없었다면 이렇게 살아 돌아오지도 못했을 거예요."

"그렇게라도 도움이 되었다니 다행이구나. 그리고 그 증원군도 네 이름에 기대 받아 온 것이니 네 능력이기도 하지."

"어쨌든 저희는 증원군과 함께 남부로 진입했습니다……."

루크는 라둔에서의 일을 상세히 보고했다.

사제들의 마화부터 사도를 모두 처리한 것, 그리고 교주와 겨루고 마룡의 그릇이 될 뻔한 것까지.

이야기가 이어질수록 율리안의 눈은 점점 더 커지더니 루크가 그릇이 될 뻔했다는 말에는 앞에 있던 테이블을 부숴 버렸다.

아무래도 슈넬덴의 모두가 루크화되어 가고 있는 것 같았다.

그는 테이블을 부수고 잠시 심호흡을 하며 마음을 진정시켰다.

"후…… 그래, 그래서 결국 마룡이 부활했다는 거였구나."

"맞습니다."

루크도 조금 당황했는지 말끝이 미세하게 떨렸다.

"그래서 다음 계획은 무엇이냐?"

"그야 당연히 마룡을 막는 거죠, 200년 전처럼."

200년 전처럼이라니.

인류가 멸망의 기로에 처했던 그 공포의 시대가 다시금 찾아오고야 말았다.

과연 인류는 무엇부터 해야 하는 것일까.

율리안은 감도 잡히지 않았다.

다행인 점이라면 이런 상황에서도 루크가 중심을 잡아 주고 있다는 것이다.

"토벌대에게도 설명했지만 곧 있으면 마룡의 군단이 밀려올 거예요. 그러니까 우리도 준비를 해야 해요."

"준비라……. 일단 본가뿐만 아니라 주요 거점들에 방어 병력을 투입해야겠군."

"그리고 각 지점에 제가 뽑은 사람들이 최소 한 명씩은 들어가야 해요."

"그래야겠지."

율리안도 고개를 끄덕였다.

지금 이곳에 있는 테오 사단이나 수석 기사들.

모두 루크가 공을 들여 키운 이들이었다.

그런 만큼 그들이 각 방어선의 구심점이 되어 줘야 했다

"생각해 둔 바가 있느냐?"

"일단 테오 형은 바르크로, 브리데커와 엘린은 보르겐으

로……."

루크는 복귀하는 중에 생각해 두었던 배치를 말해 주었다.

그런데 말하는 중에 뭔가 이상한 게 있었다.

루크의 이름이 없었기 때문이다.

"넌 어디로 가는 것이냐?"

"저는 따로 할 일이 있어서요."

"따로 할 일?"

"네, 집중 수련을 해야 할 것 같아요."

마룡을 때려잡으려면 지금보다 훨씬 더 강해져야 했으니까.

"집중 수련이라니? 설마 폐관이라도 하겠다는 것이냐?"

"네."

율리안은 고개를 끄덕이는 루크를 보고 얼굴의 혈색이 가셨다.

"네 입으로 말했지 않더냐? 마룡의 군단이 몰려올 거라고."

"맞아요. 그래서 준비해야 하는 거죠."

"그런데 이런 상황에서 폐관을 하겠다니?"

루크의 말대로 지금 슈넬덴은 마룡의 군단을 막기 위한 준비를 해야 할 때였다.

그런데 여기서 방어선의 거대한 축이 되어야 할 루크가 폐관에 들어간다면, 방어선은 얇아질 수밖에 없었다.

이건 다름 아닌 루크가 가장 잘 알고 있을 터.

"그래서 들어가겠다는 거예요."

"그래서라니?"

"다른 사람들은 준비가 됐는데, 제가 아직 준비가 덜 됐거든요."

"우리 역시 준비해야 한다. 함께 준비하면 되지 않겠느냐?"

"그걸로는 안 됩니다."

율리안의 부탁에도 루크는 단호하게 말했다.

"제 입으로 말하기는 그렇지만, 그동안 슈넬덴은 꽤 강해졌어요. 마룡의 군단 정도는 막을 수 있을 만큼요."

과거에는 루크의 측근들만 받던 고강도 수련을 가문의 기사 전부가 하지 않았던가.

가문 전체의 실력을 따져 보자면 200년 전보다 지금이 더 강하다고 할 수 있었다.

"그리고 이번에 라둔을 다녀오면서 느꼈던 건 제국군 역시 제가 생각했던 것보다 훨씬 강했다는 거죠."

과거에 황제가 만들고 있던 비전 청풍명월은 지금에 와서는 꽤 훌륭한 비전으로 발전했고, 제국의 기사들 역시 그 비전을 최대로 활용할 수 있을 만큼 강해졌다.

"사상자가 아예 없진 않겠지만, 양쪽 모두 마룡의 군단은 충분히 막아 낼 수 있을 거예요."

"그렇다면 넌 무엇을 준비하겠다는 것이냐?"

"우리의 목적이 마룡의 군단을 막아 내는 것에만 있었다면 저도 여기 남았을 겁니다. 차라리 기사들을 조금이라도 더 훈련시키는 쪽이 더 효율적이었을 테니까요."

"……."

"하지만 제 목적은 그게 아닙니다."

"……그렇구나."

율리안은 그제야 깨달았다. 루크가 어째서 이런 급박한 상황에서 폐관을 선택한 것인지.

"마룡을 쓰러뜨린 다음 살아서 슈넬덴으로 돌아오는 것. 그게 저의 최종 목표죠."

하지만 냉정하게 말해 지금 실력으로는 마룡과 대적했을 때 살아 돌아오는 것은커녕 이기는 것조차 확신할 수 없었다.

그 녀석을 이기기 위해선 최소한 설풍검제 시절의 힘을 완전히 회복해야 했다.

아니, 어쩌면 그보다 더 강해져야 할지도 몰랐다.

어쨌든 그때는 대륙제일검이라 불리던 놈과 함께 싸우긴 했으니까.

율리안과 테오 사단도 그런 루크의 마음을 이해했다.

"네 뜻이 그렇다면 알겠다. 그동안은 우리가 버텨 보마."

"감사합니다."

"하지만 이것만큼은 약속해 다오."

"말씀하세요."

"우리가 마룡의 군단을 막을 수 있을지 모르지만, 계속해서 막아 낸다면 분명 녀석도 더욱 강한 적을 보낼 것이다. 그러니……."

그 뒷말은 루크가 대신했다.

"최대한 빨리 돌아오라는 거죠?"

"맞다. 폐관하는 아들에게 이런 말밖에 해 주지 못해 미안하구나."

"걱정 마세요."

꽈악.

루크는 주먹을 꽉 쥐었다.

그러고는 결연한 목소리로 말했다.

"이번에는 무슨 일이 있어도 지켜 낼 거니까."

그들은 루크가 말한 '이번'이 어떤 것을 말하는 것인지 알지 못했다.

마룡의 부활을 막지 못했으니 이번에는 마룡을 막아 내겠다는 것일까.

왠지 그런 게 아닌 것 같다는 생각도 들었다.

그러나 그는 따로 묻지 않았다.

더 강해져서 슈넬덴을 지키겠다.

그 결연한 의지만큼은 확실하게 느낄 수 있었으니까.

"그럼 폐관 수련장은 곧바로 준비하마."

"아, 괜찮아요. 수련장은 제가 따로 준비했거든요."

"따로 준비했다고?"

"황탑주에게 폐관 전용 수련장을 만들어 달라고 했는데, 슈넬덴에 도착하기 직전에 완성되었다고 하더라고요."

"새로운 폐관 수련장을 그렇게 빠르게 만들 수 있는 것이냐?"

루크가 특별히 요청한 폐관 수련장이라면 결코 평범하지 않을 터.

아무리 황탑주라고 해도 고작 라둔에서 슈넬덴에 도착할 동안 그런 시설을 만들 수는 없었다.

"실은 라둔 토벌을 떠나기 전에 부탁한 거예요."

"허…… 넌 그때부터 마룡이 부활했을 때를 대비하고 있었던 것이냐?"

"제가 살다 보니 알게 된 건데, 사람은 언제나 최악의 상황을 예상하고 대비해야 하더라고요."

루크가 싱긋 웃었다.

어쩐지 그 웃음에서 나이에 어울리지 않는 연륜이 느껴지는 것 같았다.

"대단하구나."

율리안은 아들의 준비성에 가주로서 부끄러워졌다.

그러면서도 동시에 안심도 되었다.

저토록 철저한 루크가 있으니 마룡이 부활한 이 상황에서도 희망을 가질 수 있는 것이다.

"그럼 다녀오려무나."

"출발하기 전에 하나만 부탁드릴게요."

루크가 뭔가 생각난 듯 말했다.

"부탁? 무엇이냐?"

"그게……."

그는 율리안만 들을 수 있는 목소리로 말했다.

루크의 말을 들은 율리안의 눈이 휘둥그레지는 걸 보자, 테오 사단은 절로 그 내용이 궁금해졌다.

"그래, 네 말대로 해 주마."

"감사합니다."

테오 사단은 곧장 루크에게 다가갔다.

"뭐야? 뭘 부탁한 건데?"

"보면 알아."

루크는 그렇게 말하고 대전을 나갔다.

그날 밤.

슈넬덴 본가에서는 때아닌 연회가 열렸다.

그곳에는 슈넬덴의 기사뿐만 아니라 식솔들, 오르겐 상단의 상인들, 심지어 드워프들까지도 함께했다.

루크가 직접 불러 모은 연회였기에 여건이 되는 이들은 모두 참가했다.

"이봐, 이 친구의 술잔이 비었잖아!"

"우리 드워프는 술잔이 비는 걸 용서하지 못하지."

"한 번에 들이켜시죠!"

"슈넬덴의 사내로서 이깟 술에 취할 수는 없지."

그들은 연신 술잔을 들이키며 와자지껄했다.

그리고 한 기사가 못마땅한 표정으로 그 모습을 지켜보고 있었다.

그런 그에게 라히츠가 다가갔다.

"이봐, 앤. 뭐가 그렇게 마음에 안 드는 거야?"

"마룡과의 전쟁을 앞두고 심신을 가다듬어도 모자란 판에 이런 술판이라니요. 연회를 연 루크 공자님도, 판이 벌어졌다고 술을 마시는 사람들도 다 못마땅합니다."

라히츠는 그런 앤의 어깨에 팔을 걸쳤다.

"저 녀석들 눈을 잘 봐."

"눈요?"

"저 녀석들 한껏 신나서 떠들고 있지만, 눈은 전혀 웃고 있지 않아."

"아……."

그제야 앤도 눈치챘다.

그들은 서로에게 작별 인사를 나누고 있는 것이다.

마룡의 군단과 본격적인 전쟁이 시작되면, 과연 여기서 몇

이나 남아 있을까.

그 누구도 장담할 수 없었다.

그만큼 마룡과 그의 군단은 미지의 강적이었다.

어쩌면 이들 중 절반, 아니 정말 최악의 경우에는 모든 사람이 죽을 수도 있었다.

다들 그걸 알고 있었기에 서로의 마지막 모습을 담아 두려는 것이었다.

"그런 거였군요……."

"그래, 그러니까 너도 가 봐. 그래야 나중에 덜 아쉽지."

그제야 앤도 술잔을 들고 그들의 테이블에 다가갔다.

시간이 갈수록 연회장은 더욱 시끌벅적해졌다.

그리고 시간이 흐를수록 루크는 이상해져 갔다.

"크으!"

스윽.

독주를 들이켜고는 테오 사단을 한 번 보고, 다시 독주를 들이켜기를 반복했다.

보다 못한 테오가 먼저 루크를 불렀다.

"할 말 있으면 해."

"응? 그게 뭔 소리야?"

"우리한테 인사하려고?"

"푸읍."

루크는 그만 마시고 있던 술을 뿜고 말았다.

테오가 졸지에 술을 뒤집어쓰게 되었지만, 그는 아무렇지 않게 닦아 냈다.

"어떻게 안 거야?"

"나뿐만 아니라 얘네도 다 알고 있을걸."

테오 사단이 다 같이 고개를 끄덕였다.

"……다들 눈치만 빨라서."

테오의 말이 맞았다.

루크는 그들에게 할 말이 있었다.

다만 그것이 워낙 낯간지러운 탓에 도저히 입이 떨어지지 않았을 뿐.

술이라도 진탕 먹으면 말할 수 있을 줄 알았다.

그런데 이 빌어먹게 축복받은 몸뚱어리는 아무리 독한 술을 때려 부어도 전부 해독해 버렸다.

이렇게 된 거 그냥 맨 정신으로 말해야 할 것 같았다.

"말할게."

"뭔데?"

"……있으라고."

"뭐?"

"전부 무조건 살아 있으라고."

이번 건 예상하지 못했던 것일까.

테오 사단의 눈이 휘둥그레졌다.

루크는 억지로 시선을 다른 곳으로 돌렸다.

"루크, 너 지금 우리보고 살아 있으라고 한 거야?"

"아까워서 그런다. 그 고생을 해 가면서 키웠는데 엉뚱한 데서 죽으면 안 되잖아."

테오는 버럭 소리를 지르는 루크를 보며 피식 웃었다.

"알겠어. 무조건 살아 있을게. 물론 방벽도 뚫리지 않을 거고."

"저희도 약속드리겠습니다."

브리데커와 엘린도 거들었다.

"그러니까 너도 최대한 빨리 폐관 마치고 와."

"걱정 마. 마룡 때려잡을 만큼 강해져서 올 테니까."

조금은 무거워진 분위기.

다행히 흥에 취한 누군가 노래를 부르기 시작했다.

그건 슈넬덴의 기사 임명식 때 부르는 노래였다.

가사도 박자도 엉망이었지만, 하나둘씩 따라 부르니 제법 맛깔이 났다.

루크 일행도 낯간지러운 대화는 멈추고 그들 틈에 들어가 함께 노래를 불렀다.

그렇게 그날 밤이 깊어져 갔다.

✸

황탑주의 연구실.

그녀는 온갖 장비를 한 상태로 실험에 몰두하고 있었다.

대륙에서 가장 뛰어난 학자라 할지라도 이해하기 어려운 술식을 휘갈겨 써 가던 그녀가 멈칫했다.

"벌써 도착한 거야?"

그녀는 아무도 없는 구석을 향해 물었다.

놀랍게도 그곳에서 대답이 들려왔다.

"지금 막 도착했어요."

분명 아무도 없던 구석에서 루크가 모습을 드러냈다.

그의 이마엔 땀이 송골송골 맺혀 있었고, 어깨도 눈에 띄게 들썩였다.

"전력 질주했나 보네."

"그만큼 급하니까요."

"그럴 거 같아서 가동 준비는 마쳐 놨어. 이쪽이야."

황탑주는 연구하던 것을 내려놓고 루크를 안내했다.

그들이 도착한 곳은 마나홀이었다.

마나홀 앞에는 탑주의 승인 없이는 누구도 들어올 수 없도록 결계가 쳐져 있었다.

"네가 말했던 조건은 모두 갖췄어."

마나홀로 들어간 그녀는 벽면을 가리켰다.

새하얀 벽면에 뭔가 이질적인 재질이 비쳐 보였다.

그건 바로 빙륜석이었다.

"의식의 세계를 연결하기 위해서 벽면에 빙륜석을 쫙 도포

했어. 그 안에 술식도 바꿔 뒀으니까 그곳에서 싸울 상대의 수준도 원하는 대로 조절할 수 있을 거야."

그 후 그녀는 바닥 위에 그려진 마법진을 가리켰다.

"여긴 마나홀의 마나를 공급받을 수 있는 통로야. 여기에 앉아 있으면 굳이 먹거나 휴식을 취할 필요도 없지."

"이 정도일 줄은 몰랐는데, 아까운 빙륜석을 투자한 보람이 있네요."

설명을 들은 루크가 만족스럽다는 듯 웃었다.

그녀도 뿌듯했는지 고개를 끄덕였다.

"그리고 이거."

그녀는 품 안에서 작은 약병 하나를 꺼냈다.

"그건 또 뭐예요?"

"내가 만든 엘릭서야. 황탑의 귀한 재료란 재료는 전부 때려 박았지. 그중에는 천마대전 당시에 자라던 약초도 있어."

천마대전 당시의 약초를 엘릭서의 재료로 써 버리다니.

루크는 그 광기에 치를 떨면서도 동시에 감동했다.

역사상 단 한 병밖에 없는 엘릭서를 얻게 되었으니까.

"뭘 이렇게까지 준비한 거예요?"

"다른 녀석들은 모르겠지만…… 나는 마룡의 힘을 아주 잘 알고 있거든."

그녀는 마룡을 입에 담은 것만으로도 등골이 오싹해졌다.

"명색이 마룡과 대적할 만한 유일한 사람인데, 이 정도는 밀어줘야 하지 않겠어? 그리고 또……."

황탑주는 다음 말을 할지 말지 고민했다.

결국 그녀는 말을 이었다.

"더 이상 마롱에게 친구를 잃고 싶지 않거든."

"……."

루크는 잠깐 멈칫했다.

친구.

황탑주에게 그 이름이 갖는 의미를 아주 잘 알고 있었기 때문이다.

루크는 그런 그녀를 보며 싱긋 미소를 지었다.

"나도 반드시 살아 돌아오려고 이렇게 발버둥 치는 거니까."

루크는 마법진 위에 앉고는 엘릭서 병을 열었다.

벌컥, 벌컥.

그러고는 엘릭서를 한 방울도 남김없이 마셔 버렸다.

절로 인상이 찌푸려지는 맛.

하지만 동시에 진한 마나가 느껴졌다.

"효과는 확실한 것 같네요."

"그렇지?"

"그럼 금방 돌아오겠습니다."

루크는 마법진 위에 가부좌를 틀고 앉았다.

황탑주는 루크의 집중이 깨지지 않도록 조심히 마나홀을

빠져나왔다.

"……"

캄캄해졌던 눈앞이 점차 밝아졌다.

일전에 빙륜석 안으로 들어갔을 때와 비슷한 감각이었다.

다만 눈앞에 펼쳐진 광경은 그때와 조금 달랐다.

당시에는 알트바크의 영향으로 설원이 펼쳐졌지만, 지금 이곳은 아무것도 없는 황무지였다.

이곳의 주인은 알트바크가 아니라 루크였기 때문.

그리고 이전과 또 다른 점은 루크는 설풍검제 시절의 모습이 아니라 현재의 루크였다는 것이다.

의식의 세계에서는 본모습을 보일 수도 있었지만, 루크는 일부러 지금 모습으로 나타났다.

부족한 실력을 채워야 하는 입장에서 설풍검제의 상태로 수련하는 것은 좋지 않았으니까.

지금 이 몸이 가진 능력을 최대치로 끌어 올리는 것이 이번 수련의 목표였다.

"스으읍. 후우."

호흡을 함과 동시에 다량의 마나가 들어오는 것이 느껴졌다.

의식의 세계 밖에 있는 자신의 육체가 마나홀의 마나를 받아들이고 있다는 의미였다.

호흡하는 것만으로도 이 정도라니.

'말 그대로 죽을 때까지 싸울 수 있겠네.'

물론 정신에 충격이 갈 정도로 다친다면 영원히 깨어나지 못하는 불상사가 벌어질 수도 있었지만, 그래도 최소한 마나의 고갈로 인한 한계가 없다는 것만으로도 충분했다.

힘을 빨리 되찾으려고 하는 만큼 이 정도의 리스크는 감수해야 하리라.

'그럼 이제 상대를 골라 볼까?'

루크는 눈을 감았다.

이곳은 루크의 의식 세계.

그가 머릿속으로 떠올린 적을 이 세계 속에 만들어 낼 수 있었다.

황탑주가 난이도를 조절할 수 있다고 했지만, 루크는 그럴 생각이 없었다.

그는 자신이 아는 가장 강한 적을 온전한 형태로 소환할 것이었다.

강한 적과 목숨 걱정 없이 싸울 수 있는 수련.

이렇게 좋은 기회를 일분 일초도 낭비하고 싶지 않았으니까.

루크는 곧장 상대를 소환했다.

처음부터 그 상대를 염두에 두고 이 수련장을 요청한 것이기에 고민할 필요도 없었다.

츠츠츠츠.

반대편의 공간이 일그러지며 그곳에서 한 존재가 모습을 드러냈다.

그리고 그 존재의 얼굴은 루크에게 너무나도 익숙했다.

진한 남색 머리에 검은색 눈, 불량해 보이는 표정, 그리고 한 손에 들린 저 새하얀 검.

일그러진 공간에서 나온 이는 바로 설풍검제 시절의 루크였다.

'이거…… 기분이 묘하네.'

자신의 본모습과 마주하고 있는 상황은 루크로서도 어색했다.

하지만 이번 수련의 목표가 설풍검제 시절의 힘을 되찾는 것이 아니던가.

설풍검제를 이긴다면 자신이 과거의 힘을 완전히 되찾았다고 할 수 있었다.

그뿐만이 아니었다.

자신이 아는 한 설풍검제보다 강한 존재는 없었다.

당시 대륙제일검 멀빈도, 대재앙이라 불리던 마룡 덴 호그도 결국 마지막엔 자신이 뛰어넘었으니까.

여러모로 설풍검제는 이 수련에 가장 적합한 상대였다.

스릉.

루크는 벨무스를 뽑아 들고는 자세를 잡았다.

스릉.

그러자 건너편에 있던 설풍검제도 자세를 잡았다.

설풍검제의 애검인 아르티아가 매끄러운 검신을 뽑냈다.

"음?"

설풍검제의 자세를 본 루크는 내심 놀랐다.

그가 취하고 있는 저 자세.

저건 상대를 진심으로 대할 때 나오는 자세였으니까.

의식 세계 속 설풍검제 역시 자신을 꽤 강적으로 인식하고 있는 것이다.

과거의 자신이 진심을 다해야 할 정도로 현재의 자신이 강해졌다는 것이 나름 뿌듯하기도 했다.

그러나 뿌듯한 것과는 별개로 몸에는 긴장감이 서렸다.

설풍검제가 진심을 다한다는 것이 얼마나 위험한지는 그 누구보다 루크가 잘 알고 있었다.

"후우."

루크는 호흡을 내뱉으며 몸에 들어간 힘을 뺐다.

그러면서도 발끝에는 힘을 꽉 주며 언제든 땅을 박차고 나갈 준비를 했다.

파앗!

그 순간 설풍검제가 움직였다.

워낙 빠르다 보니 루크의 눈에도 한 줄기 섬광으로 보일 정도였다.

설풍검제의 속도가 빠르다는 건 알고 있었지만, 이걸 직접 눈으로 보니 더욱 와닿았다.

화아악–!

그러나 루크도 이에 뒤지지 않고 검을 휘둘렀다.

설풍검제를 상대로 여유를 부릴 수는 없었기에, 처음부터 마나를 최대치로 불어넣었다.

캉.

가공할 위력의 검이 부딪쳤지만, 예상외로 폭음이 터져 나오지는 않았다.

그만큼 루크가 설풍검제의 공격을 잘 흘렸다는 의미였다.

그러나 설풍검제의 공격은 거기서 끝이 아니었다.

휘릭.

아르티아의 검로가 비스듬히 뒤틀리더니, 곧장 루크의 가슴팍을 향해 쇄도했다.

루크는 화들짝 놀라며 벨무스를 회수했다.

아르티아는 루크의 옷깃을 스치고 튕겨 나갔다.

"하아아압!"

루크는 곧장 거리를 벌리면서 검기를 뿌렸다.

그의 앞으로 수많은 눈송이가 피어났다.

설풍검제라면 상대가 피하는 틈을 노리고 바로 연격을 할 것이 분명했다.

　그래도 이렇게 많은 눈송이가 흩날리고 있다면 누구라도 쉽게 쇄도하지 못하리라.

　그러나 설풍검제는 눈송이 틈으로 망설임 없이 몸을 던졌다.

　카카카카캉!

　그의 주변으로도 무수히 많은 눈송이가 피어나며 제 주인을 보호했다.

　그뿐만이 아니었다.

　화아아악!

　마치 꽃이 개화하듯 눈송이가 활짝 펼쳐지며 루크의 눈송이를 모두 날려 버렸다.

　루크의 앞을 막아 주던 눈송이가 너무나도 쉽게 사라졌다.

　"이런!"

　루크는 급하게 자신을 방어할 검기를 피웠다.

　두 명의 검기가 맞부딪히는 순간…….

　"……!"

　루크는 등골이 오싹해지는 감각을 느꼈다.

　수많은 전투로 다져진 그의 전투 감각이 위기를 감지한 것이다.

　화아아악.

　아니나 다를까, 아르티아가 자신의 등을 노리고 날아들고 있었다.

분명 직전에 자신과 정면에서 부딪쳤는데, 어느 틈에 뒤쪽으로 돌아갔단 말인가.

자신은 이미 정면으로 검을 내지른 상황.

여기서 검을 회수해서 막기엔 시간이 부족했다.

타앗.

루크는 본능적으로 옆으로 몸을 던졌다.

막기엔 틀렸으니 일단 공격을 피하고 본 것이다.

그러나 그는 피하면서도 알고 있었다.

이 역시 설풍검제가 노리고 있던 순간이라는 것을.

쐐애애애액!

설풍검제는 루크의 움직임을 미리 읽기라도 했다는 듯 루크와 거의 동시에 같은 방향으로 뛰었다.

거리가 워낙 가까웠던 탓일까.

설풍검제가 팔을 조금만 뻗었음에도 아르티아는 루크의 바로 코앞까지 당도해 있었다.

화르르륵.

루크는 왼손에 화기를 피워 가까스로 아르티아를 쳐 냈다.

만약 화기가 없었다면 이 자리에서 그는 한 번 죽었으리라.

그러나 안심하기에는 너무나 일렀다.

설풍검제가 순간적으로 손목을 비틀자 아르티아의 검로가 예상치도 못한 방향으로 꺾이는 것이 아닌가.

아르티아는 화권을 피해 루크의 미간으로 날아들었다.

세상이 온통 새하얀 빛으로 물들었다.

"이런 시ㅂ……."

푸우욱.

아르티아는 그대로 루크의 미간을 꿰뚫어 버렸다.

루크의 몸은 힘없이 바닥으로 쓰러졌다.

"허어어억!"

루크는 헛숨을 들이키며 눈을 떴다.

그러고는 자기도 모르게 미간을 만졌다.

다행히 미간에 구멍이 뚫려 있지는 않았다.

"와, 씨……!"

이곳이 의식의 세계이며, 여기서는 검이 박힌다고 죽지 않는다는 걸 알고 있었다.

그래도 막상 미간에 검이 처박히는 순간에는 진짜 죽는다는 생각이 들었다.

심지어 그 순간의 고통도 여과 없이 그대로 전해졌다.

얼마나 놀랐던지 온몸이 식은땀으로 축축해졌다.

"스으으읍, 후우우우."

루크는 심호흡을 하며 마음을 가라앉혔다.

조금 진정이 되고 나자 그제야 직전의 대결을 복기할 수
있게 되었다.

'아무리 과거의 나라고 해도…… 저렇게 강했나?'

　루크는 설풍검제 시절의 9할 정도는 따라잡았다고 스스로
를 평가하고 있었다.

　게다가 직전에 황탑주가 준 특제 엘릭서까지 마셨으니 그
차이는 더 좁혀졌을 것이다.

　이 정도면 못해도 설풍검제와 수십 합은 겨룬 끝에 설풍검
에 당했을 터.

　그러나 실제로 전투가 벌어지니 결과는 열 합도 못 겨루고
패해 버렸다.

　좀 더 적나라하게 말하자면 그냥 발리다가 죽어 버렸다.

'내가 내 실력을 잘못 판단하고 있던 건가?'

　만약 그런 거라면 꽤 심각한 일이었다.

　그 정도 차이라면 마룡이 본격적으로 움직이기 전에 맞춰
서 수련을 끝내지 못할 테니까.

　생각보다 심각한 상황에 루크는 자신의 코어를 찬찬히 들
여다보았다.

　설풍검제 시절에 비해 마나량은 적었지만, 그때에 비해서
훨씬 순수한 마나들이었다.

'이 정도면 보수적으로 잡아도 9할인데…….'

　그럼 대체 무엇 때문에 그렇게 형편없이 패한 것일까.

루크는 다시 한번 전투의 순간을 찬찬히 복기했다.

설풍검제가 검을 내지를 때마다 자신이 어떤 의도를 가지고 어떻게 움직였는지.

그리고 그때 설풍검제가 어떻게 따라왔는지.

찾지 못했다면 다시 한번 그 장면들을 떠올려 보았다.

얼마나 시간이 흘렀을까.

"아!"

루크는 비로소 자신이 놓치고 있던 점을 깨달았다.

"예기구나."

목숨이 걸린 상황에서 나오는 고도로 기민하고 날카로운 감각.

그것은 일종의 생존 본능이라고도 할 수 있었다.

이를테면 초원의 동물들은 초능력에 가까운 감각으로 위협을 감지하고 대처하는 것.

그것이 바로 예기다.

예기는 누군가로부터 배울 수 있는 것이 아니었다.

목숨의 위험을 극복하며 자연스럽게 벼려지는 것이지.

기사의 예기도 마찬가지였다.

똑같은 마나 호흡법과 비전을 배웠다고 하더라도, 목숨을 건 전투를 겪으며 예기를 벼려 온 쪽이 그러지 않은 쪽에게 이기기 마련이다.

'하긴 환생한 후에는 예기를 벼릴 만한 기회가 잘 없었지.'

물론 목숨을 건 전투는 여러 번 치르긴 했다.

아니, 어쩌면 목숨을 건 싸움 자체는 설풍검제 시절보다 더 많이 했을지도 몰랐다.

초반에는 고작 오크왕을 잡는 데에도 목숨을 걸어야 했으니까.

하지만 루크의 머릿속에서 그들은 이미 자신이 이길 수 있는 상대였다.

몸은 약해 빠진 루크였어도 정신만큼은 설풍검제인 만큼, 지금껏 싸웠던 그 누구도 이기지 못할 것이라는 생각은 들지 않았다.

지난 생에서 가장 강한 자가 바로 설풍검제 본인이었으니까.

그 생각 때문에 그의 예기는 날카롭게 벼려지지 못한 것이다.

'내가 발릴 만했네.'

설풍검제 같은 강적을 상대로는 생각하고 움직이는 게 아니라, 몸이 먼저 반응하고 움직여야 했다.

그런데 자신의 예기는 이토록 무뎠으니 몇 합도 겨루지 못하고 미간에 구멍이 뚫리는 게 어찌 보면 당연했다.

그러나 루크는 상심하지 않았다.

씨익.

오히려 그의 입가엔 미소가 그려졌다.

'이번 수련 덕분에 나한테 부족한 1할이 뭔지 알게 됐네.'

마나홀에 앉아 백날 마나를 쌓고 있어 봐야 이 차이는 영원히 메워지지 않았을 것이다.

하지만 이제는 그 문제점을 알아냈다.

'예기만 되찾으면 설풍검제 시절의 힘을 완전히 되찾는 거야.'

문제점을 알았으니 해결법을 찾아내기만 하면 될 터.

그 해결법은 더욱 간단했다.

<u>츠츠츠츠</u>!

루크의 앞쪽 공간이 일그러졌다.

그곳에는 또다시 설풍검제가 나타났다.

그리고 그가 자세를 잡았다.

좀 전에 자신의 미간을 뚫었던 아르티아의 검 끝이 이쪽을 향했다.

루크는 등줄기를 따라 소름이 오소소 돋는 것이 느껴졌다.

비로소 그의 몸이 상대가 위험한 존재임을 인지한 것이리라.

벌써부터 예기가 벼려지는 기분이었다.

루크도 한 발짝 앞으로 나섰다.

그의 입꼬리가 올라갔다.

"뭘 꼬라봐? 이번에는 내가 네 미간에 칼침을 놓아 줄게."

설풍검제는 한번 해보라는 듯 어깨를 으쓱한다.

저 모습까지도 과거의 자신과 똑같았다.

"나를 상대했던 놈들이 다 이런 기분이었겠구나."

루크는 침을 탁 뱉고는 설풍검제에게 달려들었다.

"……."

루크의 입에서는 더 이상 신음도 나오지 않았다.

고작 신음을 내는 데 에너지를 낭비할 수는 없었기 때문이다.

차라리 그 힘을 아껴 지금 반대편에서 자신을 노려보고 있는 설풍검제의 검을 한 번이라도 더 받아 내는 것이 옳을 것이다.

누군가 그런 루크의 모습을 본다면 산송장이라는 말로밖에 표현할 수 없었다.

움푹 파인 뺨과 퀭해진 두 눈은 좀비라고 불러도 될 정도였고, 반질반질하던 피부도 통밀빵처럼 푸석해졌다.

그도 그럴 것이, 셀 수도 없을 만큼 많이 죽고 깨어나기를 반복했으니까.

의식의 세계에서는 신체가 훼손당하지 않는다고는 하지만, 정신적인 충격은 그대로 남았다.

그리고 그 흔적들이 점점 루크의 외모로 발현되는 것이다.

'젠장, 이제야 다른 놈들이 왜 날 괴물이라고 불렀는지 알 겠네.'

루크조차 인정할 수밖에 없었다.

설풍검제의 검은 매섭게 몰아치는 눈보라 같았다.

사람의 힘으로 눈보라를 어찌할 수 없는 것처럼, 그의 검 역시 무슨 수를 쓰더라도 막아 낼 수 없었으니까.

결국 루크의 몸을 난도질하고서야 그 눈보라가 그쳤다.

이런 암울한 상황에서도 루크의 입가에는 미소가 그려지 고 있었다.

'점점 예기가 벼려지고 있어.'

덕분에 설풍검제의 움직임도 눈에 익기 시작했다.

'다음번에는 그 잘난 얼굴에 검상 하나 남겨 주지.'

자신이 자신을 향해 이런 생각을 하니 뭔가 이상하기는 했 다.

하지만 이것은 목숨을 건 결투.

결국 저기에 서 있는 자신도 쓰러뜨려야 할 상대에 불과했 다.

스윽.

설풍검제가 움직이기 시작했다.

그러나 언제까지 저놈이 먼저 움직이게 둘 수는 없었다.

"이야아아아아압!"

이번엔 루크가 먼저 기합을 내지르며 달려갔다.

루크가 달려간 궤적을 따라 새하얀 검기가 피어났다.

휩쓸리는 즉시 넝마가 되어 버릴 것 같은 날카로운 검기.

루크는 조금의 망설임도 없이 설풍검제를 향해 검기를 뿌렸다.

하지만 정작 그 검기를 마주한 설풍검제의 표정은 평온하기만 했다.

그저 가만히 검기의 빈틈을 찾아낼 뿐.

파앗!

이윽고 아르티아가 검기 사이를 파고들었다.

그 순간 루크는 뭔가 잘못되었다는 것을 눈치챘다.

카가가가각.

회오리처럼 휘몰아치던 검기가 뒤틀리며 오히려 아르티아에게 길을 터주는 것이 아닌가.

그리고 루크의 모습이 훤히 드러나는 순간, 아르티아는 루크의 목을 향해 날아왔다.

워낙 많이 당해서인지 이제는 검 끝을 마주하는 것만으로도 벌써 목이 뚫려 버리는 느낌이었다.

하지만 그동안 루크의 예기 역시 날카롭게 벼려져 있었다.

그가 생각을 하기도 전에 이미 몸이 반응하고 있었다.

화악!

루크는 아르티아를 막기는커녕 오히려 설풍검제 쪽으로 파고들며 그의 복부를 향해 주먹을 날렸다.

이 주먹 한 방을 꽂기 위해서 목숨을 잃어도 상관없다는 듯이.

설풍검제로서도 전혀 예상하지 못했던 움직임이었다.

콰악!

루크가 뻗은 주먹은 정확하게 설풍검제의 복부에 박혔다.

"……."

아주 잠깐이었지만, 그 순간 의식의 세계에는 정적이 내려앉았다.

설풍검제는 자신의 복부를 내려다 봤다.

루크 역시 자신의 손끝을 보았다.

드디어 설풍검제에게 닿은 것이다.

"빌어먹을, 드디어 닿았……."

푸욱.

루크가 뭐라고 하기도 전에 아르티아가 그의 심장을 꿰뚫어 버렸다.

"커헉!"

루크는 울컥 피를 토하는 와중에도 미소를 지었다.

어차피 주먹을 내지를 때부터 이렇게 될 거라는 건 알고 있었다.

상대의 공격을 피하지 않고 되레 달려들었으니 어찌 보면 당연한 결과.

그가 보고 싶었던 건 오직 하나.

아르티아가 자신을 꿰뚫는 것보다 먼저 자신의 주먹이 놈의 복부에 닿는 것이었다.

그리고 보다시피 이렇게 닿았다.

"흐흐."

루크는 설풍검제를 올려다보았다.

"일단 한 방 닿았어. 다음에는 손이 아니라 검이 닿을 거고, 마침내 네 목을 베어 버릴 거야."

털썩.

루크는 그렇게 쓰러졌다.

그리고 다시 깨어나자마자 그는 곧바로 설풍검제를 소환했다.

브리든 제국 남부 국경의 번드리올 영지.

이곳은 제국과 코넬리오가 직접적으로 충돌한 후부터 줄곧 국지전이 벌어져 온 영지였다.

그렇기에 이곳 병사들의 군기는 언제나 꽉 잡혀 있었다.

그러나 오늘만큼은 그들의 군기가 더더욱 들어 있었다.

"적들이 오고 있습니다!"

망루 위에 서 있던 병사 하나가 외쳤다.

번드리올 성의 지휘관인 비어드는 안력을 돋우었다.

지평선 근처에서 보이는 시커먼 무리.

저들이 적이라는 것은 의심할 여지도 없었다.

다만 그들이 뿜어내고 있는 기운은 절대 인간의 그것이 아니었다.

저토록 불길한 기운을 내뿜는 군단이라니.

이전에 흑성교 사제들과 마주한 적도 있었지만, 그들조차도 저 정도는 아니었다.

"대체 저것들의 정체는 무엇이란 말인가……."

쿵, 쿵, 쿵, 쿵.

북이 울리고 성벽 위는 방어를 위한 준비로 분주해졌다.

그러나 비어드의 시선은 군단에서 떨어질 줄을 몰랐다.

마침내 군단의 모습이 눈에 들어왔다.

"아……."

그의 입에서는 탄식이 흘러나왔다.

그들은 분명 인간의 모습을 하고 있었다.

가슴팍에 새겨진 금사자 문양으로 보아 코넬리오의 병사들이 틀림없었다.

하지만 불타는 듯한 붉은색의 눈과 숨을 쉴 때마다 뿜어져 나오는 검은 입김은 절대 인간의 것이 아니었다.

역사서에 등장했던 마룡의 군단이 바로 저런 모습이리라.

"마룡이 부활했다는 말이 사실이었구나."

적월대에 있던 친구로부터 소식을 전달받았을 때만 하더

라도 믿지 못했었는데, 저들을 보니 이제야 실감이 갔다.

200년 전의 그 끔찍했던 악몽이 다시금 시작되는 것이다.

병사들 사이에서도 점차 술렁거리는 소리가 들려왔다.

그들 중에서도 능력이 있는 이들은 마룡의 군단이 내뿜는 불길한 기운을 알아차린 것이리라.

그리고 시간이 갈수록 점점 더 많은 이들이 변화를 눈치채겠지.

"주모오오오옥!"

비어드는 목청을 높였다.

술렁거리는 분위기는 온데간데없이 모두의 시선이 그를 향했다.

"너희들이 무엇을 보았는지 알고 있다. 그리고 저들을 보며 무슨 생각을 했는지도 알고 있지."

쿵, 쿵, 쿵.

그 와중에도 마룡의 군단은 조금씩 다가오고 있었다.

까맣게 물든 코넬리오의 깃발이 나부끼는 소리가 으스스하게 들려왔다.

비어드는 군단 쪽을 가리키며 말했다.

"누군가는 저 끔찍한 모습에 당장이라도 항복하고 목숨만은 구걸하고 싶을지도 모른다. 하지만 저들은 마룡의 군단이다. 저들이 공격한 영지가 어떻게 되었는지는 역사서를 조금만 봤어도 알고 있겠지?"

병사들도 고개를 끄덕였다.

마룡의 군단이 휩쓸고 간 자리에는 사람은커녕 그 어떠한 생명도 찾아볼 수 없다는 사실은 유명했다.

다시 말하면 자신들이 항복을 한다 한들, 저 괴물들은 절대 성안의 사람들을 살려두지 않을 거란 말이었다.

그 사실이 그들로 하여금 도망치고 싶은 마음을 한 번 더 다잡는 이유가 되었다.

"우리는 황제 폐하의 자랑스러운 검이자 방패다. 폐하의 백성을 지키는 것이 영광된 길이요, 폐하의 영토를 수호하는 것은 긍지의 길이로다!"

병사들의 눈에서는 점차 두려움 대신 투지가 자리하기 시작했다.

비어드는 병사들을 향해 손을 뻗었다.

"나와 함께 끝까지 싸우겠는가?"

"예!"

제국의 병사들은 우렁차게 대답했다.

검을 꼬나든 손은 여전히 두려움에 떨고 있었지만, 그들의 투지만큼은 의심의 여지가 없었다.

이곳에서 죽는 한이 있더라도 저들의 진격을 막고 제국을 지켜내겠노라.

모두가 그렇게 다짐했다.

쿵, 쿵, 쿵.

그리고 마침내 마룡의 군단이 성벽 앞으로 다가왔다.

성벽 아래를 내려다보던 비어드는 눈을 꾹 감았다.

코넬리오군, 아니 마룡의 군단은 끔찍한 모습으로 성벽을 기어오르고 있었다.

"카하아아아악!"

"카아아악!"

그들은 인간의 것이 아닌 소리를 내면서 사다리를 타고 올라왔다.

저놈들이 성벽을 넘는다면 지옥이 펼쳐질 거라는 건 당연해 보였다.

"사다리를 향해 검기를 날려라!"

"절대 저 괴물 새끼들이 올라오지 못하게 해!"

기사들은 고래고래 소리를 지르며 검기를 날렸다.

병사들은 이를 악물고 적이 성벽 위로 올라오지 못하도록 막았다.

심지어 몇몇 이들은 사다리 위로 자신의 몸을 던져 적을 저지하는 이도 있었다.

다른 이들은 동료의 희생을 기릴 틈도 없이 아래쪽에 몰린 적들을 향해 화살을 쏴야만 했다.

그만큼 모두가 필사의 다짐으로 적을 막아 내고 있었다.

비어드는 그런 병사들의 모습이 자랑스러웠다.

저런 투지라면 웬만한 적을 상대로도 결코 쉽게 패하지 않으리라.

"하나 적이 너무나 강하구나……."

아무리 사다리를 밀어내고 그 아래로 끓는 기름과 불꽃, 바위를 떨어뜨려도 그들은 망설임 없이 밀려왔다.

이쯤 되면 적의 기세도 조금은 주춤하기도 하려건만.

"이 땅을 마기로 물들이리라!"

"흑성대신의 뜻에 따라!"

"키히이이익!"

적은 두려움을 느끼기는커녕 지치는 기색도 없이 계속해서 성벽으로 밀려들어 왔다.

결국 제국군이 밀리기 시작했다.

"끄아아아악!"

병사 하나가 놈들의 손아귀에 붙잡혀 성벽 아래로 떨어졌다.

"이 망할 새끼들…… 커헉!"

그 죽음에 분노하던 기사의 배에 커다란 구멍이 뚫렸다.

코넬리오의 기사 하나가 단숨에 성벽을 타고 여기까지 올라온 것이다.

기사의 내장을 쥐어뜯은 놈은 그다음 희생양을 향해 달려갔다.

곳곳에서 비슷한 광경이 펼쳐졌다.

자욱한 피 냄새와 병사들의 비명.

비어드는 당장이라도 속을 게워 내고 싶은 지경이었다.

그러나 이대로 고개를 돌릴 수는 없었다.

"스스로 무너져서는 아니 된다. 끝까지 번드리올을 지켜라!"

비어드는 그렇게 외치며 성벽 위를 활보하고 있는 적을 향해 검을 휘둘렀다.

서걱!

코넬리오 기사의 목이 떨어지는 순간, 비어드는 놈을 발로 차서 성벽 아래로 떨어뜨렸다.

하지만 녀석의 죽음을 확인할 틈도 없었다.

또 다른 코넬리오 기사가 비어드의 등을 노리고 달려들었으니까.

푸화아아악.

비어드의 등에 커다란 손톱자국이 생겨났다.

"영주님!"

"영주님을 지켜라!"

그걸 본 제국군은 사색이 되어 비어드에게 달려오려 했다.

"내게 오지 말라!"

그러나 비어드가 두 손을 번쩍 들며 외쳤다.

"아직 성벽이 완전히 함락된 것이 아니다. 각자의 위치를 지켜야 한다!"

저들이 자신에게 오면 그 구멍으로 마룡의 군단이 올라올 터.

그렇게 성벽위로 올라오는 적들이 많아지면 성은 더욱 빠르게 함락될 것이다.

'번드리올이 함락되더라도 후방에 최대한 많은 시간을 벌어 줘야 한다.'

그것이 변경에 자리한 성이 해야 할 일이며, 변경백이 져야 할 의무였다.

"캬아아아악!"

코넬리오 기사가 비어드를 덮쳤다.

"카하하학!"

"캬하하하하학!"

그리고 그 위로 다른 녀석들이 쌓였다.

그들은 굶주린 짐승처럼 비어드를 물어뜯었다.

제국군은 차마 그 모습을 보지 못하고 고개를 돌렸다.

그들의 주위로도 점점 코넬리오 몰려들고 있었다.

하지만 그들 역시 비어드처럼 물러서지 않았다.

"영주님의 뜻을 받들라!"

"끝까지 싸워……커헉!"

번드리올 성은 점차 검은색의 마기로 뒤덮여 갔다.

그러나 제국군의 외침은 성벽이 완전히 무너지는 순간까지도 계속되었다.

※

지금 테론 대륙에서는 200년 전의 악몽이 재현되고 있었다.

남부에서부터 시작된 검은 마기가 점차 대륙 전체로 퍼져 갔다.

인간의 모습을 하고 있었지만, 그 알맹이는 전혀 인간이 아닌 존재들.

마룡의 군단은 인류의 터전을 닥치는 대로 공격하기 시작했다.

브리든 제국을 필두로 한 동부조차 마룡의 군단에게 패퇴하고 있었는데, 확고한 지배 세력이 없는 서부는 어떻겠는가.

군단이 서부의 경계를 넘었다는 소식이 들리고 머지않아 서부의 대부분이 마룡의 손에 떨어졌다.

그리고 군단은 곧 북부까지 도달했다.

북부의 관문 베루스.

지난날 산적들로부터 끝까지 도시를 지켜 냈던 성벽이 이제는 마기로부터 북부를 지켜 내는 방파제가 되었다.

"베루스는 그 누구에게도 빼앗기지 않는다!"

"예!"

베루스의 시민들은 과거에도 그랬듯 자신들의 터전을 지키기 위해 목숨을 바쳐 싸우고 있었다.

다만 과거와 다른 것이 있다면, 과거와 달리 이제 이곳은 슈넬덴의 영지라는 것이다.

"돌격한다!"

성문 앞에서 커다란 목소리가 터져 나왔다.

사라라락.

뒤이어 눈송이가 피어났다.

그 비현실적인 광경에 모두의 시선이 성벽 아래쪽을 향했다.

당연하게도 그 눈송이의 중심에는 슈넬덴 기사들이 있었다.

그 악마 같던 마룡의 군단도 그들 앞에서는 우수수 쓰러졌다.

쓰러진 군단 위로 눈송이가 쌓여 갔다.

특히 그중에서도 가장 눈에 띄는 이가 있었으니.

설풍검 5식, 만개한 설화.

콰가가가가각.

마기가 가득한 전장 한가운데서 설화를 피워 내는 이.

바로 테오 슈넬덴이었다.

"내게서 멀어지지 마! 대열을 유지하지 않으면 놈들에게 당해!"

불과 몇 년 전까지만 해도 가문의 천덕꾸러기였던 테오는 어느새 훌륭한 지휘관이 되어 기사들을 이끌고 있었다.

슈넬덴 기사들의 활약 덕분에 끝나지 않을 것 같던 검은 물결이 점차 그쳐 갔다.

"어차피 저놈들은 항복을 모르는 놈들이다. 한 놈도 남겨 두지 말라!"

"예!"

그 후로도 그들의 검에서는 눈송이가 그치지 않았고, 결국 베루스를 침공한 군단을 전멸시켰다.

"와아아아아아!"

성벽 위에 있던 시민군이 함성을 질렀다.

그러나 시민군을 이끌고 있던 보덴의 표정은 그리 좋지만은 않았다.

그는 성벽 위를 둘러보았다.

그 광경은 끔찍하다는 말로 표현하기에 부족했다.

적에게 물어뜯긴 부위를 움켜쥐고 있는 이.

잘려 나간 오른팔을 찾아 헤매고 있는 이.

온몸이 으스러진 채 죽어 버린 이.

그 외에도 수많은 시민군들이 끔찍한 모습으로 신음하고 있었다.

보다시피 전황이 그리 좋지 않았다.

'벌써 몇 번째지……'

이것으로 네 번째 전투였다.

시민군과 슈넬덴 기사단이 힘을 합쳐 모두 승리하기는 했으나, 저들은 쉬지 않고 공격해 왔다.

또 머지않아 오늘과 비슷한 규모의 군단이 밀려올 터.

그에 비해 자신들은 매 전투 때마다 조금씩 지쳐 가고 있었다.

첫 번째 전투에 비해 시민군의 숫자도 많이 줄었고, 무적처럼 보이던 슈넬덴의 기사들 중에서도 점차 부상자들이 나왔다.

'테오 공자님이 없었다면 진즉에 무너졌을지도 모르지.'

보덴은 저 멀리서 군단의 피를 뒤집어쓴 채로 복귀하고 있는 테오를 보며 생각했다.

테오의 무위는 분명 놀라웠다.

다른 기사들 모두를 합친 것보다도 많은 적을 홀로 쓰러뜨릴 정도로.

하지만 그런 테오도 인간인 이상 한계가 있을 수밖에 없다.

전투가 끝날 때마다 늘어 가는 상처들을 보라.

그렇다고 테오가 체력이 떨어졌다고 해서 몸을 사리는 것도 아니었다.

오히려 자신이 지친 것 때문에 사기가 떨어질까 봐 더욱 저돌적으로 돌진하면 돌진했지.

'이대로 가다가는 슈넬덴가의 두 태양 중 하나를 잃을 수도 있어.'

슈넬덴의 두 공자는 베루스를 구해 준 은인이었다.

그런 분을 잃을 수는 없었다.

'만약 일공자님이 많이 지치셨다면……'

베루스가 멸망하는 일이 있더라도 공자님만큼은 살려 돌려보내리라.

보덴이 한창 그런 생각을 하고 있을 때였다.

"야, 보덴."

테오가 군단의 피를 뚝뚝 떨어뜨리며 그에게 다가왔다.

"공자님?"

"신경 꺼."

"네? 그게 무슨 말씀입니까?"

보덴이 고개를 갸웃했다.

"나도 개인적인 약속 때문에 내 목숨은 챙길 거야. 그러니까 너도 신경 끄고 베루스를 막는 거나 생각해."

"아…… 그렇군요."

보덴은 그제야 깨달았다.

지금 누가 누굴 걱정하고 있단 말인가.

저분은 대륙에서도 손꼽히는 기사.

지금과 같은 전투를 수도 없이 치렀을 터였다.

그런 사람을 고작 자신이 걱정하다니.

그걸 깨닫자 자신의 걱정이 도리어 부끄럽게 느껴졌다.

"제가 괜한 걱정을 했군요."

"걱정해 주는 건 고마워. 하지만 지금은 그런 걱정을 할 때가 아니야. 베루스를 막는 데 모든 힘을 다 써야지."

"알겠습니다."

보덴은 쓴웃음을 지으며 대답했다.

테오는 그런 보덴의 어깨를 툭툭 두드려 주었다.

"자, 그럼 이제 승전을 선언하러 가야지? 우리가 이겼잖아."

"그, 그렇군요."

정신을 차린 보덴이 성벽 위에 올라섰다.

"적들은 이번에도 물러갔다.

모두가 들을 수 있을 정도로 크게 외쳤다.

"우리가 목숨 바쳐 성벽을 지키는 한, 베루스는 결코 무너지지 않을 것이다!"

"와아아아아!"

그리고 보덴의 선언대로 베루스는 그 이후로도 몇 번의 침공을 모두 막아 내었다.

슈넬덴 본가.

아직 이곳까지는 마룡의 군단이 뻗치지 않았다.

서쪽으로는 베루스가 굳건히 버티고 있었고, 동쪽으로는 브리든 제국이 있었기 때문.

그렇다고 해서 한가로운 건 절대 아니었다.

"일부 적이 러스테르 지역에서 출몰했다고 합니다. 아마도 중부 대수림을 통과하고 있는 것으로 추측됩니다."

"로만 성에서 지원을 요청하고 있습니다."

"테이그 성은 함락되기 직전이라고 합니다."

대륙 각지에서 온갖 전투 소식들이 쏟아져 들어왔다.

율리안은 관자놀이를 꾹 눌렀다.

마룡의 군단은 말 그대로 거침없이 북상하고 있었다.

베루스가 아니었더라면 슈넬덴의 서쪽 영지는 모두 녀석들의 손에 들어갔을지도 몰랐다.

"베루스 쪽 소식은 어떤가?"

베루스는 현재 테오가 활약했던 곳이다.

슈넬덴의 영지를 수호해야 하는 가주로서 그 사실은 자랑스러웠지만, 아비로서는 걱정이 앞섰다.

그나마 다행인 점은 베루스를 침공하던 적들의 숫자가 급격히 줄었다는 것일 터.

어떤 이유에서인지는 모르겠지만, 일곱 번째 전투 이후로 적의 숫자가 급격히 줄었다.

베루스뿐만이 아니었다.

비슷한 시기에 서부 길목 전체에서 군단의 숫자가 줄고 있었다.

그 덕분에 그는 테오를 본가로 불러들여 휴식을 줄 수 있게 되었다.

"수가 줄어서 그런지 침공이 거의 없는 상태입니다. 지금이 성벽을 보강할 수 있는 기회로 보입니다."

"그래?"

율리안뿐만 아니라 장로들의 표정 역시도 밝아졌다.

"디온."

그는 곧장 시종장을 불렀다.

"예, 가주님."

"당장 베루스의 성벽을 보강할 수 있는 자재들을 준비하게."

"분부대로 하겠습니다."

디온은 곧장 대전을 나갔다.

율리안도 전보다 조금은 안심한 얼굴로 회의를 이어 갔다.

하지만 빛이 강할수록 어둠도 짙어지는 법이라 했던가.

회의가 끝나갈 무렵, 충격적인 소식이 대전에 전해졌다.

"가, 가주님!"

덜컹.

대전의 문이 열리며 또 다른 부관이 뛰어왔다.

"무슨 일인가?"

"제국에서 연락이 왔습니다! 제국이 콘웰마저 함락되었다고 합니다!"

"허……."

장내가 더욱 싸늘해졌다.

콘웰은 힐레스도르 바로 직전에 있는 도시.

그곳이 함락되었다는 곧 황궁이 있는 힐레스도르마저 공격받는다는 의미였다.

"제국에서도 방어선이 제법 구축하고 있다고 들었거늘 어찌 된 것이더냐?"

"그것이 갑자기 군단의 숫자가 대폭 늘었다고 합니다."

"갑자기 군단의 수가 폭증해?"

그 순간 율리안의 머릿속으로 무엇인가 스쳐 갔다.

'그러고 보니 서부 쪽 군단의 숫자가 줄었다더니.'

서부에 있던 군단까지 동부로 돌린 것이다.

으득.

율리안은 이를 갈았다.

그 의도가 빤히 보였기 때문이다.

'우리와 제국의 연합을 깨려는 것이겠지.'

현재 전황은 북부와 동부에서 각각 슈넬덴과 제국이 마룡의 군단과 맞서고 있었다.

양쪽 모두 미리 대비하고 있던 덕분에 군단의 진격을 막을 수 있었고, 그렇게 대치 상태가 유지되었다

그러나 만약 한쪽을 포기하고 다른 쪽만 공격한다면, 과연 포기당한 쪽은 위기에 처한 쪽을 도울 것인가.

슈넬덴으로 하여금 그런 딜레마에 빠지게 하려는 것이다.

"혹 제국으로부터 지원 요청이 왔는가?"

"그, 그렇습니다."

역시 예상대로였다.

"제국에서 힐레스도르에 최후의 방어선을 구축하는 중이라고 합니다. 그러나 상대의 수가 너무 많아 슈넬덴에도 병력 지원을 요청해 왔습니다."

"아아…….."

율리안의 입술이 파르르 떨렸다.

브리든 제국과 슈넬덴 사이에는 상호 방위 조약이 체결되어 있다.

원칙적으로 한쪽이 공격을 당한다면, 다른 쪽이 도움을 주러 가야 했다.

하지만 지금은 양쪽이 모두 공격당하고 있었기에 상호 방위 조약을 반드시 따를 필요는 없었다.

'그렇다고는 해도 브리든은 슈넬덴의 우방이다.'

두 아들이 라둔으로 향했을 때도 그들은 황실 기사단의 적월대까지 보내 주며 돕지 않았던가.

루크가 말하길, 그들의 도움이 없었다면 라둔에서의 전투가 매우 힘들어졌을 거라 했다.

그런 브리든 제국의 수도가 함락될 위기라니.

상호 방위 조약이 아니더라도 당연히 도와주어야 할 터였다.

하지만 율리안의 고개는 움직이지 않았다.

'차마 그러겠다고 말할 수가 없구나.'

지금 상황은 그저 의리나 기분에 따라 행할 수 있는 게 아니었다.

가주로서 차마 본가를 위기에 빠뜨리면서까지 친우를 도우러 가라고 명할 수가 없었다.

'나 역시 200년 전의 그들과 똑같은 인간이구나.'

의리나 대의보다는 그저 가문을 지키는 것을 더 중히 여기는 그런 가주 말이다.

"가주님, 아무래도 지원군을 보내는 건 어려워 보입니다. 군단을 상대하기 위해서는 저희도 정예를 보내야 할 텐데, 그랬다간 본가가 위험해지지 않겠습니까?"

"저 역시 같은 생각입니다. 힐레스도르가 버티고 있는 사이에 동쪽 방벽을 새로 손 볼 수 있을 겁니다."

장로들이 율리안의 결정이 흔들리지 않도록 잡아 주었다.

그러나 어째서일까.

저 말을 들으면 들을수록 마음이 놓이는 게 아니라 더욱 무거워지기만 했다.

그때였다.

쿵.

대전의 문이 열렸다.

회의가 한창인 이곳의 문을 이토록 당당하게 열 수 있는 사람은 한 명밖에 없었다.

"오오, 테오구나."

바로 베루스에서 복귀한 테오였다.

그의 몰골을 보니 베루스의 전투가 얼마나 힘들었는지 알 것 같았다.

"아버지."

테오의 눈을 마주한 율리안은 뜨끔했다.

그는 좀 전에 대전에서 나눈 대화를 알고 있는 것 같았다.

"내게 할 말이 있느냐?"

"아뇨, 할 말은 없어요. 이 결정은 오롯이 슈넬덴의 가주인 아버지께서 내리는 거니까요."

말은 저렇게 하고 있었지만, 율리안은 테오가 하고 싶은 말을 알고 있었다.

"근데 루크가 제게 해 줬던 말이 생각나네요."

"그게 무엇이냐?"

"옳은 게 뭔지 알고 있으면 빼끼 치지 말고 하라고 하더라고요."

테오가 어깨를 으쓱했다.

"공자! 이건 그리 간단한 일이 아니오!"

장로들이 펄쩍 뛰며 말했다.

테오는 그 말을 깡그리 무시한 채로 율리안만을 바라보았다.

"저는 최소한 루크가 폐관을 끝내고 나왔을 때, 부끄러운 모습을 보이고 싶지 않아요."

"후……."

율리안은 테오의 눈빛을 보고는 지그시 눈을 감았다.

시간마저 잡아먹을 듯 정적이 흘렀다.

누구도 그 정적을 깨뜨리지 않았다.

지금 율리안의 머릿속에서 얼마나 많은 생각이 오가고 있는지 알고 있었으니까.

그리고 마침내 율리안의 눈이 떠졌다.

그 눈빛에는 전과 달리 어떠한 흔들림도 없었다.

오히려 후련해 보이기까지 했다.

"슈넬덴은 들어라."

"예!"

율리안의 결정에 슈넬덴 기사들이 예를 취했다.

"테오 사단을 필두로 한 슈넬덴 기사들과 병사들을 힐레스도르로 보내겠다."

"……."

"다른 누구도 아닌 슈넬덴이기에 해야만 하는 것이다. 슈넬덴은 친우를 모른 척하지 않는다. 힐레스도르로 가서 브리든을 구하라."

씨익.

테오의 입가에 미소가 그려졌다.

"명을 받들겠습니다."

Chapter 2

황금의 섬 힐레스도르.

이곳은 천년 제국의 수도였다.

옛 제국부터 현재의 브리든 제국의 황제까지.

모든 황제들이 이곳에서 나고 자랐으며 제국을 다스려 왔다.

푸른 강에 둘러싸인 채 솟아 있는 첨탑은 황제의 고고함을 상징했다.

바로 이곳에서 제국 최초의 역사가 시작되었으며 그 역사가 지금까지 이어지고 있는 것이다.

그렇기에 더욱 충격적이었다.

천 년 제국의 수도가 함락될 위기에 처했다는 사실이.

"도대체 저것들은……."

지라드는 해자 건너편을 보았다.

그곳엔 검은색 바다가 물결치고 있었다.

대체 적의 숫자가 얼마나 많으면 저게 하나의 바다처럼 보인단 말인가.

뿌우우우우우!

어디선가 불길한 뿔피리 소리가 들려왔다.

그 소리를 들은 제국군들이 술렁거렸다.

이제는 저 소리만 듣고도 소름이 돋을 지경이었다.

그럴 만도 했다.

저 뿔피리 소리는 검은색 바다에 물결을 일으키는 신호였으니까.

"흑성대신께서 명령하셨다."

"천지를 마로 뒤덮으리라!"

"우어어어어어어!"

마룡의 군단이 붉은 눈을 희번덕거리며 힐레스도르를 향해 몰어닥쳤다.

힐레스도르로 들어올 수 있는 유일한 통로인 다리는 이미 거둬들인 상태였다.

저들이 이 성을 넘으려면 먼저 해자를 건너야 했다.

아니, 그런데 저걸 이제 해자라고 부를 수 있을까.

그곳엔 이미 군단의 시체들이 쌓여 자연스럽게 메워지고

말았다.

그리고 그들을 발판 삼아 해자를 건너온 군단이 힐레스도르의 벽을 두드리기 시작했다.

"버텨라! 버텨야 한다! 저 더러운 것들이 황도를 넘지 못하도록 하라!"

지라드가 피를 토하듯 외쳤다.

황제가 기거하는 도시를 지키는 것.

그 사실이 이토록 끔찍한 전투를 벌써 보름 가까이 치를 수 있게 해 준 유일한 동기였다.

지난 세월 단 한 번도 점령당하지 않았던 황도를 자신들의 내주는 것을 어떻게 보고만 있을 수 있겠는가.

제국군은 독기를 잔뜩 품은 채로 군단을 막아 냈다.

"놔라! 난 더 싸울 수 있어."

"부상동으로 뺄 거면 차라리 날 성벽 아래로 던져. 죽는 순간까지도 저 새끼들 베고 갈 테니까."

"눈깔이 없는 게 뭔 상관이야. 어차피 성벽 아래로 검기만 날리면 되는 거잖아."

전투에서 부상 입은 제국군의 외침이 이곳저곳에서 들려왔다.

"하아……."

병사들의 사기를 위해 전장에 나와 있던 아이바르는 고개를 떨구었다.

제국군이 이토록 처절하게 싸우고 있는 것이다.

그러나 그도 알고 있었다.

아무리 자신까지 전장에 서서 사기를 북돋고 있다고 해도, 제국군은 점차 지쳐 가고 있다는 것을.

매 전투 때마다 성벽에 닿는 군단의 숫자가 많아지고 있었다.

이대로 가다가는 정말로 힐레스도르에 저들의 더러운 발자국이 찍힐지도 몰랐다.

'슈넬덴의 지원이라도 있으면 좋으련만⋯⋯.'

아이바르는 슈넬덴이 가진 힘을 그 누구보다 똑똑히 보았다.

그런 그들이 도와준다면, 이 암울한 전황에 새로운 움직임을 줄 수 있으리라.

하지만 저들이 올 확률은 거의 없다고 봐도 무방했다.

그들 역시 군단을 상대하느라 정신없는 건 마찬가지였으니까.

서운하지도 않았다.

자기 집 뒷산에 불이 났는데, 물난리가 난 이웃을 도와줄 수는 없는 법.

게다가 슈넬덴은 지난 과거 뒷산에 불이 난 와중에도 물난리가 난 이웃의 제방을 쌓아 주러 갔다가 결국 집 전체가 타 버린 적이 있지 않던가.

'만약 그때 제국이 슈넬덴을 도와주었더라면…….'

후회는 아무리 일찍 해도 늦다고 했던가.

지금이 딱 그런 순간이었다.

제국은 이미 슈넬덴에게 신뢰를 잃었고, 그건 인제 와서 몇 번 도움을 주었다고 해서 메울 수 없었다.

지금 제국이 할 수 있는 거라고는 그럼에도 지원이 오길 기도하며 이곳에서 끝까지 싸우는 것뿐.

하지만 그때 기적과도 같은 소식이 전해졌다.

"폐하, 폐하!"

시종장이 성벽 위로 다급히 올라왔다.

"슈넬덴에서 지원군이 출발했다고 합니다!"

"뭐라?"

"슈넬덴가에서 폐하의 요청을 들어주었습니다! 테오 사단과 슈넬덴 기사들, 그리고 일부 병력들까지도 함께 보내겠다고 했습니다."

"아아……."

아이바르는 지금 상황이 잘 이해되지 않았다.

분명 슈넬덴 역시 마룡의 군단을 상대하느라 여유가 없을 터.

얼마 전에는 중부 대수림 지역에도 마룡의 군단이 출몰했다는 소식도 들었다.

설령 지금 저들이 군단을 잘 막아 내고 있다고는 해도, 테오 사단을 포함한 정예병을 돌리는 것은 슈넬덴으로서도 위험을 무릅쓰는 것이었다.

'슈넬덴은 이번에도 200년 전과 같은 선택을 한 것인가?'

협의지문이란 바로 저런 곳을 두고 하는 말일까.

그런 생각마저 들었다.

'이제 희망이 생겼구나.'

테오 사단까지 포함된 정예병이라면 저들을 능히 막아 낼 수 있을 터.

다시 말해 이대로 슈넬덴의 지원군이 올 때까지 버티기만 한다면 힐레스도르를 지킬 수 있다는 의미였다.

"버텨라!"

아이바르의 목소리가 크게 울려 퍼졌다.

제국군의 팔은 여전히 분주히 움직이고 있었지만, 귀만큼은 황제를 향했다.

황제의 지시를 듣기 위한 건 당연하거니와 지금 황제의 목소리에는 희망이 담겨 있었기 때문.

"슈넬덴의 지원군이 출발했다! 이제 우리가 버티기만 하면 힐레스도르를 지킬 수 있다!"

그 말에 점차 지쳐 가던 제국군의 눈에 다시 한번 투지가 타올랐다.

기약 없는 싸움을 계속하는 것과 희망을 가진 채로 싸우는 것은 그 마음가짐부터가 다를 수밖에 없을 터.

성벽 위의 분위기가 변했다.

지금까지는 부상당한 이들은 제 한 몸을 바쳐 가며 힐레스도르를 지키려 했지만, 이제는 부상을 치료하는 데 치중했다.

당장 성이 함락당할지도 몰랐을 때는 그 뒤를 생각할 수 없었지만, 이제는 훗날 있을 반격 때 자신들도 힘을 보탤 수 있어야 했으니까.

'슈넬덴의 지원이 온다.'

그 사실 하나만으로도 이들의 머릿속에는 이미 반격하는 장면까지 떠오른 것이다.

"비축해 놓았던 수성 장비들을 모두 꺼내라. 슈넬덴의 지원이 도착할 때까지 무슨 일이 있어도 막아야 하느니라!"

아이바르의 우렁찬 목소리가 다시 한번 성안을 진동시켰다.

힐레스도르에 피어올랐던 희망의 불씨는 여전히 꺼지지 않았다.

그들은 젖 먹던 힘까지 모두 끌어모아 군단의 침공을 막아내고 있었다.

그러나 전황은 점점 제국군에게 불리한 쪽으로 기울고 있었다.

전장에서는 사기와 의지라는 게 매우 중요했지만, 그것만으로 전쟁의 승패가 결정되는 것은 아니었다.

특히 마룡의 군단을 상대로는 더더욱.

그들은 문자 그대로 전투귀들이었다.

아무리 막아 내고 또 막아 내도 녀석들은 밤낮을 가리지 않고 쳐들어왔다.

심지어 하루에 두세 번씩 공격하는 경우도 있었다.

그뿐일까.

분명 수천수만 명을 죽인 것 같은데 다음번 공격 때 보면 숫자는 그대로였다.

어떤 때는 숫자가 훨씬 많아졌을 때도 있었다.

상황이 이러니 전황은 자연스럽게 마룡의 군단 쪽으로 기울 수밖에 없을 터.

이제는 기울었다는 표현도 부족했다.

힐레스도르가 무너지기 일보 직전이라는 표현이 더 알맞을 것이다.

당장 성이 무너지지 않는 게 용할 정도였으니까.

뿌우우우우!

그리고 오늘도 세찬 뿔피리 소리와 함께 검은 파도가 밀려오기 시작했다.

"인간들의 성을 무너뜨려라."

"흑성대신께 제물로 바칠지니!"

마룡의 군단과 제국군의 서른 번째 공성전이 시작되었다.

"커헉!"

성벽 아래를 향해 검기를 날리던 기사가 피를 토했다.

그의 몸에는 검은색 마기 다발이 여기저기 꽂혀 있었다.

"크으으윽!"

그 와중에도 그 기사는 성벽을 기어 올라오는 군단을 향해 검을 휘둘렀다.

성벽 위를 목전에 뒀던 마룡의 병사들이 아래로 떨어졌다.

"감히 여기가 어디라고…… 커헉!"

콰드드드드득.

어디선가 날아온 마기 줄기가 기사의 전신을 꿰뚫었다.

기사의 몸이 천천히 무너졌다.

기사는 자신의 죽음을 직감했다.

이건 가슈인교의 교황이 온다고 해도 살리지 못할 정도의 부상이었으니까.

"너희들은 절대로……."

부릅.

그의 눈가에 마지막 불꽃이 타올랐다.

"황도를 넘을 수 없다아아앗!"

그는 성벽 아래 검은 파도 위로 몸을 내던졌다.

"황제 폐하, 부디 끝까지 힐레스도르를 지키소서!"

콰아아아앙!

그 외침과 함께 그가 떨어진 자리에서 커다란 폭발이 일었다.

황실 기사단의 올리버.

그는 마룡의 군단 50명을 저승의 길동무로 데려갔다.

"올리버 경!"

"으아아아아! 이 개자식들이!"

올리버의 희생을 보며 제국군은 절규했다.

그러나 더욱 비극적인 건 그 50명이 비어 버린 공간이 금세 다시 다른 이들로 메워졌다는 것이다.

촤아악!

"끄르르륵."

끝끝내 성벽 위로 올라오는 녀석들이 생기기 시작했다.

일단 성벽 위로 올라온 녀석들은 지친 제국군을 학살했다.

황실 기사단 몇몇이 그곳으로 달려갔지만, 아이바르는 알고 있었다.

지금이야 몇몇 곳이겠지만, 이제 곧 모든 성벽이 무너질 거라는 것을.

'이대로 끝인 건가……'

슈넬덴이 올 때까지 어떻게든 버티려 했건만 결국 실패하고 말았다.

천년 제국의 역사가 바로 자신의 대에서 끝이 나는 것이다.

"키하아아악!"

"흑성대신이시여!"

곧이어 서쪽 성벽 쪽에서 군단 수십 마리가 올라오는 데 성공했다.

'이대로, 이대로……'

아이바르가 눈을 꽉 감을 때였다.

슈화아아아악.

"크아아아악!"

"크워어어억."

"이 땅 위에 마의 제국을 실현……."

어디선가 날아온 새하얀 검기가 성벽 위로 올라온 군단을 단숨에 베고 지나갔다.

거기서 끝이 아니었다.

성벽 아래에 있던 군단의 머리 위로 검은 그림자가 드리웠다.

모두의 시선이 그림자의 본체를 좇았다.

그러고는 그대로 멈추고 말았다.

그곳에는 힐레스도르의 성벽만 한 눈사태가 밀려오고 있는 것이 아닌가.

그것은 차라리 눈의 해일이라고 불러도 될 정도였다.

눈의 해일을 불러낸 기사가 허공에 검을 내리그었다.

설풍검 7식 무너지는 설봉.

쏴아아아아아–!

해일이 군단의 머리 위로 쏟아졌다.

해일에 휩쓸린 군단은 비명조차 내지 못하고 쓸려가 버렸다.

"……."

그 압도적인 무력 앞에서 제국군은 어벙해질 수밖에 없었다.

대체 어떤 괴물이 저런 걸 만들어 낼 수 있단 말인가.

그들이 아는 한 그런 괴물은 딱 두 명밖에 없었다.

그리고 대열 맨 앞에 서 있던 기사를 본 제국군은 자신들의 생각이 맞았음을 확인했다.

"테오 슈넬덴……!"

쿠웅!

테오가 새하얀 검을 번쩍 들어 올렸다.

마치 새벽이 가고 여명이 밝아오는 모습 같았다.

"……."

자신의 몸이 잘려 나가는 한이 있더라도 힐레스도르를 향해 달려들기만 하던 마룡의 군단.

그들마저도 잠시였지만 그쪽으로 시선을 돌렸다.

그만큼 테오가 뿜어내는 기운이 강렬했던 것이다.

마침내 그의 입이 열렸다.

"슈넬덴 전원!"

"예!"

뒤에 있던 기사들이 일제히 자세를 취한다.

"가주님의 명을 받들어 슈넬덴의 친우인 브리든 제국을 구한다!"

"받들겠습니다!"

슈넬덴 기사들의 우렁찬 대답이 다시 한번 힐레스도르에 울려 퍼졌다.

"돌격하라!"

슈넬덴 기사들이 힐레스도르를 집어삼키려던 시커먼 파도를 향해 달려들었다.

사라라락.

그들의 검이 일제히 새하얀 빛을 내뿜었다.

그리고 그 궤적을 따라 눈송이가 흐드러지게 피어났다.

그 눈송이는 검은 파도 위를 휩쓸었다.

사라라라락.

검은 바다 속에서 피어나는 새하얀 눈송이.

그건 자신들이 어느 가문의 기사인지 온몸으로 증명하는 것 같았다.

"제 발로 죽을 길을 찾아왔구나. 본가에 있었다면 조금이나마 삶을 더욱 누렸을 것을."

마룡의 군단도 보통은 아니었다.

그들은 자신들을 뒤덮은 눈송이를 걷어 내며 슈넬덴의 기사들을 향해 검을 휘둘렀다.

성벽 없이 이런 평지에서 맞닥뜨렸으니 자신들이 유리하다고 생각한 것이리라.

하지만 그들은 모르고 있었다.

테오와 그의 기사들은 베루스에서부터 항상 성문을 열어젖히고 뛰어나가 군단을 쓸어버렸다는 것을.

"방어 검진!"

테오의 명에 따라 기사들이 몇몇 곳을 중심으로 밀집했다.

마치 거대한 방패를 형상화한 것 같은 모습.

채애앵!

방어 검진을 구성한 이들은 군단의 검을 일제히 후려쳤다.

"키야아아악!"

군단이 튕겨 나간 검을 회수하여 재차 공격하려 했다.

"공격!"

쐐애애애액.

테오의 명령이 떨어지자마자 대열 안쪽에 있는 이들이 검을 내질렀다.

방어 검진이 구축될 때 그 안쪽에 있는 이들은 공격을 준비하고 있었던 것이다.

하지만 군단이 그걸 알아차렸을 때는 이미 한참 늦었다.

푸우우우욱.

새하얀 검이 군단을 휩쓸었다.

본디 기계처럼 맞물려 돌아가는 대형은 제국군의 상징과도 같았다.

하지만 지금 슈넬덴이 보여 주는 것은 제국군의 모습과는 조금 달랐다.

이건 단순히 조직적으로 잘 이루어진 수준이 아니라, 전원이 한 몸인 것처럼 움직였다.

말하자면 지금 슈넬덴은 그저 여러 명이 밀집 대형을 이룬 게 아니라, 팔다리가 무수히 많이 달린 괴물에 가깝다고 볼 수 있으리라.

파아아아앗!

또다시 공격조가 검을 내질렀다.

목과 코어 부분을 정확히 노리는 검 끝.

그 검은 정확히 상대의 급소만을 공격하고는 다시 검진 안으로 숨어 버렸다.

검진을 구축한 이들이 방어를 하고 그들의 호위를 받은 기사들이 공격한다.

이 단순하지만 강력한 전술은 놀랍도록 효율적으로 군단을 밀어내고 있었다.

이쯤 되니 폭풍처럼 몰아칠 줄만 알았던 군단도 당황하기 시작했다.

자신들의 먹잇감이라고 생각했던 녀석들이 도리어 자신들을 먹어 치우고 있지 않은가.

결국 그들은 전략을 바꾸었다.

푸욱, 푸욱, 푸우우욱.

"흑성대신을 위하여!"

"키야아아아악!"

공격조의 검에 박힌 녀석들이 그 검을 움켜잡았다.

공격조가 검진 사이로 숨지 못하게 하려는 것이었다.

하지만 테오는 저들이 이렇게 나올 거라는 걸 알고 있었다.

저놈들과 싸우기 전에 더 지독한 흑성교의 광신도들과도 만난 적이 있었으니까.

"브리디, 엘린!"

"예!"

테오의 명이 떨어지기 무섭게 둘은 검진 위로 뛰어올랐다.

"하아―."

그들의 입가에서 새하얀 입김이 흘러나왔다.

설풍검 4식 냉혈의 서리.

차가운 서리가 몸 안을 타고 흘렀다.

몸 구석구석 마나가 닿는 느낌이 선명하게 느껴졌다.

파앗!

그들은 공중에서 방향을 바꾸고는 시커먼 바닷속으로 몸을 던졌다.

이대로 저 바다에 집어삼켜지는 것이 아닐까.

그런 생각이 들 때였다.

촤아아아악.

그들이 떨어진 주위로 새하얀 검기가 터져 나왔다.

그것은 순식간에 수십 번의 검을 휘둘러 만들어 낸 검기의 다발이었다.

그들을 둘러싸고 있던 군단은 몸이 산산조각 나 버렸다.

"키햐아아아악!"

결국 검진을 공격하던 군단이 방향을 바꿔 둘을 향해 달려들었다.

검진 안에 있는 녀석들보다 저들이 더 위험하다고 판단한 것이다.

타앗!

그 순간 검진에서 또 다른 그림자가 솟아올랐다.

그는 공중에 뛰어오른 채로 수십 개의 검영을 만들어 냈다.

콰아아아아아!

사방으로 흩뿌려지는 검기에 군단들은 저 멀리 튕겨 나갔다.

그사이에 슈넬덴 기사들의 방어 검진이 움직여 그들을 보호했다.

"……."

제국군은 입을 쩍 벌린 채로 그 모습을 바라봤다.

그건 황제도 마찬가지였다.

"정말로 슈넬덴의 지원군이 온 건가……?"

생각했던 것보다 훨씬 일찍 도착했다.

그건 저들이 제국의 지원 요청을 받자마자 거의 곧바로 지원군을 편성해서 보내 주었다는 의미일 터.

만약 자신들이 반대의 입장이었다면 과연 이렇게 할 수 있었을까?

장담할 수 없었다.

그러나 슈넬덴은 망설임 없이 지원군을 보내 주었다.

그것도 테오와 그의 사단이 있는 최정예 부대를 포함해서.

저들이 이토록 위험한 전장에 지원군을 보내 준 이유는 너무나도 간단했다.

　　슈넬덴의 친우인 브리튼 제국을 구한다.

코끝이 찡해지는 것 같았다.

저들 역시 200년 전의 과거를 기억하고 있을 터.

그럼에도 저들은 친우를 구한다는 일념하에 이곳까지 온 것이다.

이 감사를 어떻게 표현할 수 있겠는가.

아마 어떤 방법으로도 저들의 손길에 대한 보답을 할 수 없으리라.

그럼에도 지금 당장 자신들이 할 수 있는 보답이 있었다.

아이바르는 떨어뜨렸던 검을 다시 주워 들었다.

"제국군은 들으라!"

그의 목소리가 성벽 위에 울려 퍼졌다.

"우리들의 황도를 슈넬덴이 피를 흘리며 지키고 있다. 명심하라, 이곳은 천 년 제국의 영원한 수도 힐레스도르, 그 누구도 아닌 바로 우리의 손으로 지켜 내야 하는 곳이다!"

그제야 입을 쩍 벌린 채 슈넬덴의 활약을 지켜보고 있던 제국군이 정신을 차렸다.

끼이이익.

힐레스도르의 성문이 열렸다.

기다란 성문이 내려오며 해자를 건널 수 있는 다리가 되었다.

그곳을 통해 제국군이 몰려나오기 시작했다.

"브리든 제국에서도 병력을 내보냈다!"

그 모습을 본 테오가 외쳤다.

사실 제국군의 참전은 전황에 그리 결정적인 도움이 되지 않았다.

저들은 이미 며칠간 쉬지 않고 이어진 전투 때문에 서 있는 것조차 힘들 정도로 지쳐 있었으니까.

하지만 슈넬덴의 병사들이 느끼는 사기에는 차이가 있었다.

당사자들이 성문을 잠그고 틀어박힌 채로 전투를 구경하

는 것보단 지친 몸이나마 이끌고 나와서 함께하는 쪽이 더 의욕이 생기지 않겠는가.

테오의 예상대로였다.

제국군의 참전으로 슈넬덴도 더욱 사기가 올랐고, 마룡의 군단은 급속도로 밀리기 시작했다.

아마 저들이 인간의 군대였다면 이쯤에서 이미 후퇴를 선택했으리라.

그러나 저들은 목숨보다도 전투에서의 승리가 중요하기라도 한 것처럼 온몸을 내던졌다.

이미 기세가 기운 전투를 1시간이나 더 끈 후에야 마룡의 군단이 물러갔다.

군단은 병력의 2/3를 잃었다.

그건 지금껏 있었던 힐레스도르 전투에서 가장 큰 피해를 입힌 것이었다.

그러나 제국군은 그 사실에 기뻐하지 못했다.

털썩.

그들이 물러나는 걸 확인하자마자 다리에 힘이 풀려 바닥에 주저앉았기 때문이다.

지라드 역시 마찬가지였다.

마나 탈진 상태 직전인 지라드는 이대로 쓰러져도 이상하지 않을 정도였다.

푹!

그는 검을 바닥에 꽂고 그 검에 의지한 채 서 있었다.

힐레스도르의 은인들을 맞이해야 했으니까.

그리고 잠시 후 테오 슈넬덴이 그의 앞에 나타났다.

"이곳까지 와 주어……정말 감사합니다."

"말했잖아. 슈넬덴은 친우를 버리지 않는다고."

"아아……!"

지라드는 입술을 질끈 깨물었다.

친우.

이 얼마나 비이성적인 단어인가.

과거의 제국이었다면 전혀 믿지 않았을 단어였다.

그러나 지금 슈넬덴을 보니 문득 그런 생각이 들었다.

'어쩌면 슈넬덴이 이토록 강한 이유는 혹독한 수련 때문만
이 아닐지도 모르겠군.'

"슈넬덴이 정말로 지원군을 보내 줄 줄은 몰랐소. 제국은
절대 이 빚을 잊지 않을 것이오."

아이바르가 진심으로 감사를 표했다.

테오는 흐뭇한 미소를 지었다.

"그저 저희가 늦지 않아 다행이라 생각할 뿐이죠."

황제뿐만 아니라 황궁의 대신들마저 감동했다.

200년 전 슈넬덴의 몰락 이후 사라졌던 의리와 협의.

그 가치가 여전히 슈넬덴에는 남아 있었던 것이다.

아이바르는 저런 이들을 상대로 이익을 위해 머리를 굴렸던 자신이 부끄러워졌다.

"보급로까지 끊겨 암담했던 전황이 그대들 덕분에 좋아졌소. 이제 제국을 비롯한 동부 전역에서 지원군을 더 모을 수 있을 것이오."

힐레스도르 역시 계속되는 전투로 많이 지쳐 있는 상황.

이럴 때 새로운 인원들이 보충되는 것보다 더 좋은 소식은 없었다.

하지만 테오의 표정은 그리 밝지 않았다.

추가 병력들의 지원이나 끊겼던 보급의 재기 정도로는 이 상황을 타개하기 부족한 것 같았기 때문이다.

"이게 스무 번째 전투라고 했죠?"

"그렇소."

"그럼 그때마다 저렇게 많은 숫자가 침공한 건가요?"

"아니, 매 침공 때마다 저들의 숫자는 점점 더 늘고 있소."

"흠……."

테오가 잠깐 뜸을 들였다.

아이바르도 그 뜻이 무엇인지 알아차렸다.

"확실히 적들의 숫자가 비정상적으로 많다고 생각하고 있었소. 심지어 우리는 매 전투 때마다 3할 정도의 피해는 입

혔음에도 불구하고 말이오."

"그러게요. 마룡의 군단이 될 수 있는 자들은 기껏해야 코넬리오 가문에 그 연합 정도가 전부일 텐데."

서부의 병력이 줄었다고 해도 여전히 그곳에서도 군단의 공격이 계속되고 있었다.

그럼에도 힐레스도르를 공격하는 데 이토록 많은 수의 병력을 투입할 수 있다니.

이는 코넬리오 연합의 병력 수를 생각해 보면 납득하기 어려운 수준이었다.

게다가 전투가 계속될수록 병력의 숫자가 줄어드는 것도 모자라 점점 늘어나는 것도 이상했다.

분명 마룡이 무슨 수작을 부리고 있는 것이 분명했다.

문제는 그 수작이 무엇인지 짐작조차 할 수 없다는 것.

"그건 황실 정보대에서 알아보도록 하겠소. 그대들 덕분에 힐레스도르의 보급로도 다시 확보했으니 그 정도 여유는 생겼소."

"부탁드릴게요."

"공들도 쉬어 두도록 하시오. 먼 길을 단숨에 주파하느라 힘들었을 텐데."

"그래야겠네요."

황제의 말이 맞았다.

조금이라도 빨리 도착하기 위해 휴식을 최소화하고 여기

까지 왔다.

이제 병사들에게 몸을 회복할 시간을 줘야 하리라.

"배려에 감사합니다. 그럼 저도 이만 돌아가 보겠습니다."

테오는 그대로 대전을 나와 황궁 테라스로 나왔다.

이곳에 서니 저 멀리까지 한눈에 보였다.

그러나 그 탁 트인 광경을 보더라도 이 찜찜한 마음이 사라지지 않았다.

'과연 놈들의 수작이 뭘까?'

자신으로서는 도무지 짐작되지 않았다.

이럴 때 루크가 있었다면 그 의도를 짐작이나마 했을까?

'준비는 잘되고 있냐?'

루크가 빨리 준비를 마치고 나오기를.

테오는 오늘도 똑같은 기도를 올렸다.

얼마 후.

잠깐 잠잠해졌던 군단이 또다시 시작되었다.

분명 절반에 가까운 병력을 쓸어버렸을 텐데, 이번에 온 숫자는 그때보다도 더 많아 보였다.

대체 어떻게 저 정도로 많은 수의 병력을 확보할 수 있단 말인가.

그리고 그 비밀은 머지않아 밝혀졌다.

선두에 서 있는 이들의 복장이 너무나도 익숙한 것이었으니까.

활동성과 내구성을 동시에 가진 경갑, 그 뒤로 휘날리는 찢어진 망토, 그리고 그 망토에 그려진 황실의 문양.

"제, 제국군?"

제국군은 믿을 수가 없었다.

어째서 제국군이 마룡의 군단에 있단 말인가.

"저 개새끼들……!"

옆에 서 있던 테오의 입에서 욕설이 흘러나왔다.

"어찌 그러십니까?"

"저놈들 포로로 잡은 자들을 세뇌해서 군단으로 이용하고 있는 거였어."

"그럴 수가……."

곧이어 제국군의 눈에도 보였다.

검은색으로 물든 눈을 한 채 마룡의 군단과 비슷한 괴성을 내지르며 다가오고 있는 옛 동료들의 모습이.

뿌드득.

여기저기서 욕설과 함께 이가 갈리는 소리가 들려왔다.

이들의 분위기로 봐서는 당장이라도 성문을 열고 마룡에게 돌진할 것 같았다.

"그럼 지금껏 군단의 숫자가 줄지 않았던 이유도 이것 때문이었겠군."

"어떻게 저런 짓을!"

마룡의 군단은 마치 보란 듯이 선두를 더욱 앞세웠다.

제국군은 차마 자신의 동료들을 향해 검기를 날리지 못했다.

그때 군단의 뒤쪽에서 섬뜩한 목소리가 울려 퍼졌다.

"천하를 마로 뒤덮도록 하라!"

"키햐아아아아악!"

그리고 군단이 힐레스도르를 향해 달려들기 시작했다.

군단은 금세 성벽에 닿았다.

그러고는 날카로운 손톱을 이용해 성벽을 오르기 시작했다.

제국군들도 그들이 성벽을 오르지 못하도록 검기를 쏘아 댔다.

그러나 검기를 쏘아 내는 그들의 표정에는 처참하기 그지 없었다.

비록 마기에 집어삼켜졌다고 하더라도, 그들의 육신은 제국군이었기 때문.

저들 역시 얼마 전까지만 하더라도 마룡의 군단에 맞서 목숨 바쳐 싸우다 전사한 이들이었다.

구국의 전사들을 자신의 손으로 직접 베어 버리는 마음이 어떻겠는가.

그런 소극적인 마음은 결국 검기를 미세하게나마 무뎌지게 만들었다.

그리고 군단과의 전투에서 그 미세한 차이는 결국 치명적인 결과로 이어졌다.

"너희들의 심장을 흑성대신께 바치겠노라."

"마가 강림할지어다!"

옛 제국군을 방패 삼아 마룡의 군단이 쉽게 성벽 위로 올라온 것이다.

"끄아아아악!"

"아아아악!"

여기저기서 제국군의 비명이 들려왔다.

제국군도 머리로는 알고 있었다.

이대로 가다가는 여태껏 목숨 바쳐 지켰던 힐레스도르가 쉽게 함락당하리라는 것을.

"저들은 제국군이 아니다!"

"이미 마룡의 군단이 되어 버린 자들이니 한 치의 동정도 없어야 한다."

지휘관들의 외침이 들려왔다.

하지만 정작 그렇게 외치는 지휘관들조차도 군단을 상대하는 것과 똑같은 마음으로 옛 제국군을 상대할 수는 없었다.

이건 이들이 인간인 이상 어찌할 수 없는 영역이었다.

그 와중에 마룡의 군단은 더욱 끔찍한 짓마저 저질렀다.

"부르겐……? 살려 줘……."

"이봐, 마커스……날 잊은 건…… 아니지?"

"비긴스, 난 이대로 죽기……싫어."

녀석들은 제국군의 이름을 부르며 그들의 검기를 더욱 무
뎌지게 했다.

이렇게까지 하는데 어찌 동정심이 들지 않을 수가 있겠
는가.

놈들은 제국군의 마음에 망설임이라는 틈을 더 크게 벌
렸다.

그리고 그 틈은 점차 힐레스도르의 성벽에 균열로 이어
졌다.

"젠장……."

지금 상황을 지켜보던 테오는 욕설을 내뱉었다.

'이대로 가다가는 힐레스도르마저 무너지고 말 거야.'

힐레스도르가 무너지면 그건 곧 제국의 함락을 뜻한다.

제국이 무너지고 나면 슈넬덴은 동쪽과 서쪽에서 모두 마
룡의 군단을 상대해야 했다.

'그렇게 돼서는 안 돼.'

누군가 나서야 했다.

지금 이 상황을 단번에 뒤집어야 했다.

테오는 성벽 위를 살폈다.

제국군 중에서는 자신을 도울 수 있는 사람은 없어 보였다.

그 말인즉슨…….

'나 혼자 나서야 한다는 건가?'

솔직히 말해 겁이 났다.

하지만 자신마저 주저한다면 힐레스도르는 정말로 무너지고 말 터.

훗날 슈넬덴을 위해서라도 지금 이곳에서 군단을 막아야 했다.

타앗!

테오는 성벽을 박차고 뛰어올랐다.

"공자님?"

브리데커와 엘린이 그런 테오를 불러 세우려 했다.

하지만 테오의 몸은 이미 성벽 아래로 떨어지고 있었다.

"너희가 동정심 때문에 진심을 다해 저 녀석들을 상대할 수 없다면……."

츠츠츠츠츠츠.

테오의 검에 새하얀 검기가 서렸다.

그의 눈빛은 설산의 삭풍만큼이나 차갑게 빛나고 있었다.

"그 악역은 내가 맡아 주지."

촤아아아아악ㅡ!

커다란 검기가 옛 제국군들의 머리 위로 떨어졌다.

수십 명의 옛 제국군의 몸이 산산조각 나 버렸다.

휘몰아치는 피의 폭풍 속에서 테오의 검은색 눈이 서늘한 빛을 내뿜었다.

"어차피 난 태생부터가 망나니였으니까."

시종일관 제국군이 밀리던 전황에 새로운 흐름이 일어나
기 시작했다.

서걱.

날카로운 소리와 함께 눈송이가 피어나기 시작했다.

눈송이가 옛 제국군들을 휩쓸고 지나갔다.

"키햐아아아악!"

"크아아아악!"

죽는 순간까지도 테오의 살점을 뜯어 버리기 위해 뛰어드
는 모습은 영락없는 군단의 모습이었다.

테오는 그런 그들을 뒤로한 채 또 다른 녀석들을 향해 검
을 휘둘렀다.

그도 사람인지라 마음이 약해질 법도 했지만, 지금 그에겐
힐레스도르를 지키는 것이 더 중요했다.

콰아아아아.

마룡의 군단이 테오를 노리고 사방에서 달려들었다.

아무리 테오라고 할지라도 다른 이의 지원 없이 군단 전부
와 싸우는 건 무리였다.

촤악.

"크윽."

어깨 쪽에 커다란 손톱자국이 생겨났다.

비단 어깨 쪽뿐만이 아니었다.

등과 옆구리 그리고 다리까지.

테오의 몸은 자신이 쏟은 피와 군단이 쏟아 낸 피로 완전히 붉게 물들고 있었다.

그럼에도 그의 검은 잠시도 멈추지 않았다.

'루크의 짐을 덜어주어야 해.'

지금 테오의 머릿속에는 그 생각밖에 없었다.

여태껏 루크는 모든 짐을 스스로 지고 가려는 녀석이었다.

그런 루크가 처음으로 자신들에게 뒤를 맡겼다.

마룡이라는 강적을 쓰러뜨리기 위해서는 준비가 필요했기에 자신들에게 방위를 맡기고 폐관에 들어간 것이다.

그런데 만약 루크가 나왔을 때 대륙이 초토화되어 있다면 어떻게 되겠는가?

루크는 자신의 짐을 다른 이들에게 덜어 준 것을 자책할 게 분명했다.

그러고는 또다시 모든 짐을 혼자서 지고 가려 하겠지.

'절대 그렇게 둘 수는 없어.'

그렇기에 이 전투가 중요했다.

자신들이 루크의 어깨 위에 있는 짐을 조금이나마 나눠 들

수 있다는 것을 보여 줘야만 했다.

그렇기에 테오는 검을 휘두르고 또 휘둘렀다.

무슨 일이 있어도 힐레스도르를 지켜 내기 위해서.

"으아아아아앗!"

테오는 울분과 함께 검기를 토해 냈다.

"……."

그런 테오의 모습을 보고 있던 제국군은 스스로가 부끄러워졌다.

'우리는 대체 무엇을 하고 있는 건가.'

그들은 이미 슈넬덴의 지원군에게 도움을 받았다.

그것만으로도 이미 빚을 졌을 터인데, 이번에는 그런 은인을 더욱 사지로 밀어 넣고 있지 않은가.

'고작 동정심이라는 하찮은 감정 때문에 제국의 은인을 잃을 것인가?'

지라드의 눈에서 불꽃이 튀겼다.

그의 검에 푸른 검기가 서리기 시작했다.

원래의 그 날카로운 검기였다.

'나는 더 이상 슈넬덴에게 빚을 질 수는 없다.'

서걱!

촤아아아악.

지라드의 녹색 검기가 옛 제국군들을 일제히 베어 버렸다.

그 검에는 여전히 동정심이 남아 있었지만, 동시에 그 이상의 죄책감이 서려 있었다.

그 죄책감이 동정심 때문에 무뎌진 검을 다시금 날카롭게 했다.

"지라드 경…… 저는 죽기 싫습니다."

"루벤, 부디 저승에서는 평온을 누리기를."

지라드는 자신의 옛 부하를 애도하고는 곧장 다른 이들을 향해서도 검기를 날렸다.

그 검격 역시도 날카로움이 서려 있었다.

"키햐아아아악!"

옛 제국군들이 비명을 지르며 썰려 나갔다.

그것이 신호탄이 되었다.

"청풍명월!"

지금껏 검 끝에 일말의 망설임이 남아 있던 제국군들도 지라드를 따라 움직이기 시작한 것이다.

"전원, 신속히 테오 공자를 호위하라!"

"제국군에 대한 죄는 우리 스스로 뒤집어쓰리라!"

"우워어어어어!"

제국군의 검에서 망설임이 사라지자 전황이 급속도로 변하기 시작했다.

성벽 위까지 올라왔던 군단은 금세 정리되었다.

끼이이이익.

쿵!

성문이 열리고 그곳을 통해 제국군들이 나섰다.

그들은 테오를 둘러싸고 있는 군단도 밀어냈다.

적들의 포위망 속에서 건져 낸 테오의 몸은 이미 상처가 가득했다.

하지만 그의 주변엔 군단의 시체들이 산처럼 쌓여 있었다.

그 시체 대부분이 옛 제국군들.

테오가 일부러 옛 제국군들만 먼저 죽인 것이다.

제국군의 죄책감을 조금이나마 덜어 주기 위해서.

테오의 활약 덕분에 이제 전장엔 옛 제국군이 거의 남지 않았다.

"구국의 영웅들을 자신들의 노리개로 쓴 놈들을 절대 가만두어선 아니 될 것이다!"

어느새 성 밖으로 함께 출정한 황제가 외쳤다.

"우어어어어어!"

그들에 대한 죄책감과 동정심이 마룡의 군단을 향한 분노로 바뀌는 순간이었다.

"모두 쳐죽여 버려!"

"스러져 간 제국군들을 복수다!"

분노로 가득 찬 제국군은 순식간에 마룡의 군단을 밀어냈다.

그들의 가공할 기세에 군단의 지휘관들도 어찌할 바를 몰랐다.

그러는 사이 절반이 넘는 군단을 잃었다.

이대로면 처음으로 전멸할지도 모르는 상황.

더군다나 제국군의 분노의 진격은 멈출 기미조차 보이지 않았다.

그리고 그 순간 제국군의 진격을 멈춘 건 생각지도 못한 목소리였다.

"거기까지."

분명 작은 목소리였다.

하지만 그 목소리는 전장 전체를 일순간 얼어붙게 만들었다.

제국군은 굳어 버린 몸을 억지로 움직여 소리가 들려온 곳을 보았다.

거기에는 거구의 기사가 서 있었다.

복장을 보아하니 코넬리오가의 기사 같았다.

하지만 그의 입에서 나오는 불길하기 짝이 없는 목소리는 그가 평범한 마룡의 군단이 아님을 말해 주고 있었다.

"주군께서는 이렇게 될 줄 알고 계셨던 건가? 하긴 그러니 나를 이곳으로 보낸 것이겠지."

그 기사는 제국군을 바라보더니 혀를 쯧, 하고 찼다.

"군단의 힘이 이토록 약해진 것인가? 200년 전에 비하면 나약하기 짝이 없는 인간들조차 이기지 못하다니."

명백히 자신들을 무시하는 말이었다.

하지만 제국군 중 아무도 반박하지 못했다.

그가 뿜어내는 존재감에 그 누구도 몸을 움직이지 못했으니까.

단 한 명만 빼고.

"너도 마룡의 권속이냐?"

테오가 앞으로 나오며 말했다.

그는 이미 카쉬텐이나 카이로스 같은 마룡의 권속과 겨룬 적이 있었던 덕분이었다.

"호오? 넌 저들 중에서는 그나마 제법 봐줄 만한 인간이구나."

그는 재밌다는 듯 고개를 까딱거렸다.

"그래, 난 주군의 영원한 검 브레멘이다……음?"

브레멘은 말을 하다 말고 고개를 갸웃했다.

너무나도 익숙한 기운 때문이었다.

그 기운의 정체를 알아본 브레멘의 얼굴이 점점 일그러지기 시작했다.

"너…… 슈넬덴이로구나."

"슈넬덴이라는 이름에 그 정도로 반응하는 걸 보니까 너도 설풍검제한테 당한 게 많나 보네."

"슈넬덴…… 너희에게 빚진 게 아주 많지."

고오오오오.

그렇지 않아도 강력했던 브레멘의 기운이 더욱 무거워지

기 시작했다.

테오는 직감했다.

저 녀석은 최소한 카이로스급, 어쩌면 그 이상일지도 모른 다고.

'어쩌면 루크와의 약속을 지키지 못할 수도 있겠네.'

적어도 브리데커나 엘린 정도만이라도 살릴 수 있다면 좋 으련만.

그것마저 확신할 수 없었다.

그만큼이나 녀석이 내뿜는 기운은 강했다.

하지만 그렇다고 해서 이대로 도망칠 수도 없지 않은가.

'이미 목숨을 바치는 한이 있더라도 힐레스도르를 지키겠 노라고 마음먹었으니까.'

지금 그가 할 수 있는 거라고는 모든 걸 걸고 저 괴물 같은 놈에게 한 방을 먹이는 것이었다.

"그래, 그 눈빛. 슈넬덴의 이름을 가진 놈들은 하나같이 그 런 눈빛을 하고 있었지. 누가 봐도 죽을 게 뻔한데도 말이야."

스르릉!

브레멘이 검을 뽑아 들었다.

검이 뽑혀 나오는 동작에 분노가 뚝뚝 묻어 나왔다.

다른 권속들보다도 훨씬 짙은 분노에 결사 항전을 각오한 테오조차 움찔했다.

"감히 주군의 몸에 검을 들이민 그놈 역시도 그런 눈빛이었다."

"크으윽."

테오는 위에서 짓누르는 압력에 제대로 서 있기조차 어려 웠다.

'젠장, 좀 전에 힘을 너무 많이 썼나?'

호기롭게 목숨까지 걸 각오로 서긴 했는데, 이 정도 상태 면 브레멘과 몇 합도 겨루지 못할 것 같았다.

그래도 떨리는 손을 부여잡고 억지로 검을 들어 올렸다.

"슈넬덴, 이 망할 것들을 이 세상에서 지워 주마!"

브레멘의 몸이 사라지는가 싶더니 순식간에 테오의 앞으 로 다가왔다.

테오는 자신의 복부 바로 앞까지 다가온 검을 보았다.

그 순간 테오는 깨달았다.

'아, 몇 합이 아니라 한 합도 안 됐구나······.'

슈우우우욱.

자신의 복부를 향해 날아오는 검을 보고 있자니 눈앞이 새 하얘졌다.

테오의 머릿속으로 지난 일들이 주마등처럼 스쳐 지나갔 다.

특히 생각나는 사람은 루크였다.

과거 소심하기 짝이 없던 동생이, 어느 순간엔가 확 바뀌 었다.

도대체 녀석에게 무슨 일이 있었던 건지는 알 수 없었다.

하지만 한 가지 확실한 건 그때부터 자신의 인생 역시 확바뀌었다는 것.

처음에는 건방진 동생 놈을 뛰어넘고 싶었다.

자신의 재능이라면 그 정도는 쉽게 따라잡을 수 있다고 생각했으니까.

그러나 아무리 전력을 다해 달려도 루크는 점점 더 멀어져갔고…… 테오는 그제야 깨달았다.

루크를 뛰어넘는 건 불가능하다는 것을.

그 대신 루크가 보이지도 않을 만큼 멀어지지 않게 쫓아가야겠다고.

그때부터 그 어떤 무식한 수련들이라도 매진했다.

루크는 그렇게 자신의 경쟁 상대이자 목표가 되었다.

하지만 곧이어 그것 역시도 자신의 착각이라는 걸 알게 되었다.

루크 녀석은 감히 경쟁은 생각할 수도 없을 정도로 멀리달아나 버렸으니까.

아니, 어쩌면 멀어지고 있는 게 아니라 애당초 녀석은 아득히 먼 곳에 있었던 것 같기도 했다.

지금의 루크는 그저 원래 자신의 것을 되찾아 가는 것일뿐이고.

뭐, 동생에게 이상한 점이 있다는 건 비단 자신만이 느끼고 있는 것은 아니었다.

아버지 역시도 그런 이질감을 느끼고 있었다.

그럼에도 테오는 상관하지 않았다.

루크에게 그 진실을 캐물을 생각은 더더욱 없었고.

그저 동생 혼자서 짊어지고 있는 저 무거운 짐을 조금이나마 나눠 가질 만큼의 실력이 되기로 마음먹었다.

워낙 무거운 탓에 웬만한 실력으로는 나눠 들 수조차 없을 정도로 무거운 짐.

그렇기에 이를 악물고 루크의 수련을 견뎌 냈다.

'이제는 조금이나마 덜어 줄 수 있을 줄 알았는데……'

그것마저 착각이었던 모양이다.

자신에겐 아직 루크가 짊어진 짐의 일부조차 들어 줄 능력이 없었던 것이다.

'약속도 못 지키고…… 미안하다.'

테오는 운명에 수긍하기로 했다.

아무리 생각해 봐도 이 거리에서 저 검을 막아 낼 방법은 없었다.

그 대신 그는 검을 역수로 고쳐 쥐었다.

자신의 배를 내주는 대신 놈의 등을 찔러 버리기 위해서.

이걸로 놈에게 치명상을 입히지는 못할 수도 있었다.

그러나 이것이 자신이 할 수 있는 최선이었다.

"이야아아압!"

꾸욱.

브레멘의 검이 테오의 복부에, 그리고 테오의 검이 브레멘의 등에 박히기 직전이었다.

휘웅.

어디선가 시원한 바람이 불어왔다.

"어?"

테오의 눈이 부릅떠졌다.

사락.

브레멘의 검 위로 내려앉는 눈송이가 보였다.

'설마……'

이제 슈넬덴의 기사라면 눈송이를 흩날릴 수 있었다.

하지만 그가 아는 한 이토록 우아하면서도 날카로운 눈송이를 피워 낼 이는 단 한 명밖에 없었다.

그리고 그 설마가 실현되었다.

콰아아아아아앙!

눈송이 하나가 검에 닿는 순간, 마치 검 위에 커다란 바위라도 올려 둔 것처럼 아래로 떨어졌다.

"뭐야?"

브레멘도 꽤 놀란 것 같았다.

설마 자신의 검이 고작 눈송이 하나에 막힐 줄은 몰랐겠지.

"약속은 지켜야지. 안 죽기로 했잖아."

뒤쪽에서는 기대했던 목소리가 들려왔다.

테오는 떨리는 눈으로 그쪽을 보았다.

거기엔 마룡과의 대전이 시작된 이후 그토록 기다렸던 녀석이 서 있었다.

"루크!"

"내가 늦지 않아서 다행이야."

휘우우웅.

루크의 머리가 바람에 날렸다.

그 모습을 본 테오는 확신했다.

'준비가 끝났구나.'

행여나 밖의 상황이 너무 안 좋은 나머지 예상보다 폐관을 빨리 끝낸 건 아닐까 걱정했다.

하지만 지금의 루크를 보니 그런 걱정은 하지 않아도 될 것 같았다.

루크는 준비를 완전히 마치고 나온 것이다.

"폐관은 언제 끝낸 거야?"

"일주일쯤 전에? 힐레스도르의 소식을 듣고 바로 온 거야."

"황탑에서 여기까지 일주일 만에 왔다고?"

"대수림을 통과했거든."

"하지만 대수림에도 마룡의 군단이……."

테오는 말을 하다 말았다.

마룡의 군단이 있어 봐야 지금의 루크에게는 길가의 개미처럼도 안 느껴졌을 테니까.

"일단 이야기는 나중에 하자고. 저놈부터 족쳐 놓고."

루크의 눈이 브레멘을 향했다.

시종일관 고고한 자세를 견지하던 브레멘 흠칫 뒤로 물러 났다.

이미 과거에 묻어두었던 기억이 떠올랐다.

끝까지 주군의 앞을 지키려 했던 자신의 목을 베어 버렸던 그 도살자의 모습이.

게다가 이름마저 루크라고 하지 않았던가.

'설마 설풍검제도 주군처럼 강림한 건가?'

그는 세차게 고개를 흔들었다.

그럴 리가 없었다.

주군에게 들은 바에 따르면 이번 강림은 200년 전부터 준 비되어 있던 것이었다.

이미 가문마저 한 번 망했다 일어난 설풍검제가 그런 의식 을 준비할 수 있을 리 없었다.

그렇게 생각하니 트라우마가 조금은 가시는 듯했다.

"그 건방진 눈깔을 뽑아 주지."

"권속이라는 놈들은 꼭 그렇게 말이 많더라. 누가 덴 호그 똘마니들 아니랄까 봐."

"……."

"호오?"

루크는 예상외라는 듯 어깨를 으쓱했다.

이 정도로 도발하면 상대 쪽에서 먼저 움직일 줄 알았는데, 예상외로 브레멘은 조용히 노려볼 뿐이었다.

아직 미지의 상대인 만큼 그 능력을 가늠하고 있는 것이리라.

과연 마룡의 권속이라는 걸까.

흑성교의 사도에게는 쉽게 통해 버린 도발이, 저놈에게는 통하지 않았다.

하지만 그다지 상관없었다.

그래 봐야 어차피 자신이 다 쓸어버릴 거니까.

"네가 움직이지 않는다면…….''

루크가 서서히 자세를 잡았다.

"내가 먼저 움직여 줘야겠지?"

무릎을 반쯤 굽힌 상태로 몸의 중심이 약간 앞으로 쏠려 있는 자세.

브레멘의 동요가 더 커졌다.

"그, 그 자세는……!"

"왜, 익숙한 자세야?"

루크가 브레멘을 보며 히죽 웃었다.

익숙하다마다.

저건 바로 설풍검제가 싸우기 직전에 취하는 자세였으니까.

단순히 자세만 따라 한 것이 아니었다.

그 분위기며 기세까지.

모든 것이 200년 전 설풍검제를 보는 것 같았다.

"도대체 너는 뭐 하는 놈이냐?"

"설풍검제를 아주 잘 아는 놈이지."

그리고 설풍검제를 꺾은 유일한 사람이기도 했고.

우우웅.

루크의 코어가 공명했다.

그의 주위로 마나가 폭풍처럼 몰아치기 시작했다.

"너…… 절대 평범한 놈이 아니군."

브레멘도 뭔가를 느낀 모양이다.

그 역시 마기를 최대한 끌어모았다.

마룡의 권속들 중에서도 가히 최강이라 부를 수 있었던 그 였지만, 저 녀석을 마주하고 있자니 저도 모르게 털이 삐죽 서는 느낌이었다.

"주군께서 슈넬덴을 가장 견제했던 이유가 이것 때문이었 군."

그의 검 끝이 루크를 향했다.

주군의 대업을 위해 반드시 처단해야 하는 존재.

그 존재를 바로 이곳에서 처치하는 것이다.

브레멘 그렇게 생각하며 검을 땅에 박았다.

콰악!

그의 입에서 의미를 알 수 없는 주문이 흘러나왔다.

마룡의 군단과 제국군이 흘린 피가 그에게로 모여들었다.

그 피는 곧 브레멘의 마기로 바뀌었다.

조금 전 이곳에서 죽어간 이들의 원혼이 몸을 가득 채우는 느낌.

그의 검 역시 검은 빛을 뿜어냈다.

그 빛에서는 전장에서 스러져 간 젊은 원혼들의 비명이 들리는 것 같았다.

"너 역시도 내 검의 먹잇감이 될지어다."

그가 루크를 향해 달려들었다.

원혼이 가득 찬 덕분인지 자신감이 넘쳤다.

'아무리 그래 봐야 넌 200년 전과 전혀 변한 게 없어.'

200년 전, 브레멘은 바로 설풍검제에게 처참하게 죽었다.

이번에도 그 결과는 변하지 않으리라.

스륵.

루크는 천천히 검을 앞으로 뻗었다.

기합을 내지르며 달려드는 브레멘과는 상반되는 느릿한 움직임.

루크의 검에서는 눈송이조차 피어나지 않았다.

그저 은은한 검기만이 감돌고 있을 뿐.

'이거면 충분해.'

벨무스가 브레멘의 검을 지긋이 내리눌렀다.

푸욱.

이어서 검이 살을 파고드는 소리와 함께 브레멘은 눈이 커다랗게 떠졌다.

금방이라도 루크를 찢어 버릴 것 같았던 그는 오히려 그 자리에 멈춰 있었다.

"이, 이게……."

그의 옆구리엔 벨무스가 박혀 있었다.

반면 자신의 검은 루크가 천천히 내지른 검에 닿자마자 그대로 아래쪽으로 처박혔다.

어떤 기술이나 속임수를 쓴 것도 아니었다.

그저 압도적인 힘 앞에서 눌려 버린 것일 뿐.

그런 상황에서 루크가 옆구리에 박혀 있던 벨무스를 비틀었다.

"끄으으윽."

전신의 근육이 찢어지는 듯한 고통이 찾아왔다.

머리가 하얘졌다.

대체 이 녀석의 정체는 무엇이란 말인가.

상대가 범상치 않은 실력자라는 건 이미 알고서 싸웠다.

하지만 주군의 제 일 권속으로서 이렇게 일방적인 전투가 될 거라고는 생각지도 못했다.

여태껏 자신을 이토록 압도했던 존재는 단 두 명밖에 없었다.

첫 번째가 주군이었고, 두 번째가 바로 자신을 죽인 설풍검제.

'분명 그럴 리가 없는데…….'

그러나 어째서인지 저 녀석에게서 그의 모습이 계속해서 겹쳐 보였다.

'이대로 당할쏘냐……!'

이미 자존심은 모두 버렸다.

강자로서의 고고함은 강자일 때나 부릴 수 있는 사치.

지금은 수단과 방법을 가리지 않고 저 녀석을 죽이는 데 집중해야 했다.

"흐아아아아앗!"

브레멘은 땅에 처박힌 검을 들어 올렸다.

어차피 상대의 검은 자신의 옆구리에 박혀 있는 상황.

저 녀석은 방어 수단을 잃은 것이다.

지금 이 고통을 참아 내고 검을 휘두를 수만 있다면, 녀석에게도 타격을 줄 수 있으리라.

파아아아앗!

그는 루크의 목을 향해 전력으로 검을 휘둘렀다.

'닿았다!'

그러나 이번에도 그의 예상과는 전혀 다르게 흘러갔다.

카아아아앙!

어느새 복부에서 뽑혀 나온 벨무스가 브레멘의 검을 쳐 낸 것이다.

그 충격이 어찌나 강했던지, 검을 쥐고 있던 손목이 꺾여 버렸다.

'어?'

자신의 힘이 이렇게나 약했었나.

그런 생각이 들 찰나.

슈화아아악.

새하얀 검기가 브레멘을 향해 쏟아졌다.

서걱!

그의 가슴에 긴 검상이 새겨졌다.

검은색 피가 울컥 터져 나오며 브레멘이 뒷걸음질 쳤다.

"끄으으윽!"

또다시 전신을 찢어발기는 듯한 고통이 느껴졌다.

그는 이 고통의 원인이 무엇인지 알 것 같았다.

상처 속으로 침투한 한기가 얼음 조각들로 변해 혈관을 휘 젓고 다니는 것이었다.

아마 시간이 갈수록 혈관엔 더 많은 상처가 생기리라.

"넌 대체……."

저벅저벅.

루크는 검 끝을 늘어뜨린 채 브레멘을 향해 걸어왔다.

"충고 하나 하자면 빨리 자세 잡는 게 좋을 거야."

"뭐……?"

"나는 널 쉽게 죽일 생각이 없어."

루크가 사악한 미소를 지으며 말했다.

"난 마룡과 관련된 것들은 전부 쓸어 버려야 직성이 풀리거든. 그리고 무엇보다……."

서걱.

벨무스가 번쩍였다.

그의 가슴팍에 새로운 검상이 생겨났다.

"슈넬덴의 혈족을 죽이려 한 죄까지 더해서 받으려면 절대 곱게 죽여 줄 수는 없지."

"크아아악!"

고통이 브레멘의 머리를 새하얗게 만들었다.

"일어나서 다시 싸워. 전신이 토막 나는 순간까지도 너희 주군을 위해서 싸우는 게 너희 덴 호그의 개들이 하는 일이잖아."

"이 개 같은……!"

브레멘은 자신의 검을 다시 움켜쥐었다.

콰악!

그러나 그 순간 브레멘의 몸이 뒤로 튕겨 나갔다.

루크가 그의 턱주가리를 후려갈긴 것이다.

"끄으으윽……."

브레멘의 턱이 부서진 건지 입에서 바람 새는 소리가 들렸다.

그러나 루크는 눈 하나 깜짝하지 않고 그에게 다가갔다.

"말했잖아. 절대 곱게 안 죽여 준다고."

루크의 눈은 사신의 그것처럼 타오르고 있었다.

✿

힐레스도르 앞 전장은 침묵에 잠겼다.

서로를 찢어발길 다짐으로 내지르던 외침도, 검기와 마기가 맞부딪치며 나는 충격음도 들리지 않았다.

시간이 멈춘 듯한 착각이 일 정도.

그곳에서 유일하게 움직이고 있는 존재는 한 명밖에 없었다.

서걱.

루크의 검이 브레멘의 손목을 베어 버렸다.

"크……."

서걱!

비명을 채 지르기도 전에 다시 한번 절삭음이 들려왔다.

루크의 분노를 브레멘의 몸에 새기는 것 같았다.

온통 검은색 피로 뒤덮인 탓에 원래 브레멘의 모습을 알아볼 수도 없었다.

"일어나."

루크는 차가운 눈으로 브레멘을 내려다보고 있었다.

"아직 마룡의 권속에 대한 응징밖에 안 했어. 슈넬덴의 권속을 건드린 대가를 치르려면 아직 멀었다고."

"으……윽."

브레멘을 몸을 일으키기 위해 발버둥 쳤다.

그러나 이미 온몸의 힘줄이 모두 끊겨 버렸기에 바닥을 빌빌 기는 것이 전부였다.

"이럴 수는 없어……. 인간들 중에 이런…… 자가…….'"

브레멘은 여전히 현실을 받아들이지 못하고 있었다.

머릿속에서는 그럴 리가 없다고 말하고 있었지만, 이 비정상적인 상황을 받아들이면 한 가지 가설밖에 도출되지 않는다.

"첫 번째 권속이 이렇게 약하다면 덴 호그의 실력도 뻔하겠어."

"닥쳐……라."

"아직 살 만한가 보네."

"감히 네가 입에 담을 이름이…… 아니다."

"글쎄, 과연 그럴까?"

루크의 검이 좀 전보다 더욱 날카롭게 빛났다.

그것만으로도 지금까지 했던 것이 장난처럼 보일 지경이었다.

"끄아아아아아아악!"

브레멘의 비명도 그 날카로움만큼이나 강해졌다.

한바탕의 검격이 끝난 후.

"끄으으윽……."

브레멘의 숨소리는 마치 죽음을 목전에 둔 환자 같았다.

그럴 만도 했다.

지금 그의 몸은 성한 곳이 없었으니까.

오히려 저 상태로 살아 있다는 것에 놀랄 지경이었다.

"……."

뒤에서 그들의 대결을 지켜보고 있던 이들조차 입을 다물었다.

브레멘이 얼마나 강한지는 그들이 직접 보지 않았던가.

그렇다면 그런 그를 너무나 쉽게 베어 버린 루크의 힘은 대체 얼마나 강하다는 걸까.

그리고 무엇이 루크를 저토록 화가 나게 한 것일까.

오만 의문이 그들의 머릿속을 가득 채우고 있을 때였다.

"ㅎㅎㅎㅎ."

고개를 떨군 브레멘이 어깨를 들썩거리며 웃었다.

"감히 하찮은 인간들 주제에 나를 그따위 눈으로 보고 있는 건가?"

그는 루크를 비롯해 제국군들을 향해 외쳤다.

금방이라도 생명이 꺼질 것 같은 그의 얼굴엔 역설적으로 자신감이 넘쳤다.

과연 무엇이 죽음을 앞둔 녀석의 얼굴에 저토록 자신감을 준 것일까.

"여기서 내가 죽는다고 한들 주군께서는 너희를 가만두지 않을 것이다."

꿀꺽.

제국군 중 일부가 마른침을 삼켰다.

저렇게까지 망가진 상태로도 마룡에 대한 무한한 믿음을 보이니, 제국군에게도 두려움이 생겨 버렸다.

그들도 새삼 마룡이 얼마나 절대적인 존재인지 깨달은 것이다.

"곧 주군께서 움직인다. 그때가 되면⋯⋯."

"어쩌라고?"

브레멘은 금방이라도 튀어나올 것 같은 눈으로 루크를 보았다.

루크는 심드렁한 표정으로 대답하는 게 아닌가.

저자는 마룡 덴 호그라는 이름이 두렵지 않은 것일까.

"방금 뭐라고 했지?"

"덴 호그 그 도마뱀 새끼가 움직여 봐야 아무것도 바뀌는 건 없어."

"어째서지?"

"그야 내가 그 새끼 목을 따 버릴 거니까."

으드드득!

브레멘은 핏발이 선 눈으로 이를 갈았다.

감히 주군의 이름을 저토록 망령되게 부르는 것도 모자라

그분을 벤다는 소리까지 하다니.

"고작 인간 따위가 주군을 막는다라? 그게 가능할 거라 생각하나?"

"당연히 가능하지."

스으윽.

루크는 비릿한 웃음기를 머금은 채 브레멘의 귓가로 다가갔다.

고요한 전장임에도 브레멘만이 들을 수 있는 목소리로 말했다.

"나는 이미 200년 전에 그놈을 막아 봤거든."

"……!"

브레멘은 미친 듯이 떨리는 동공으로 루크를 보았다.

설마 자신이 잘못 들은 것은 아닐까 하고 루크를 보았다.

그러나 루크의 표정은 한 치의 흔들림도 없었다.

저건 절대 허투루 말하는 것이 아니리라.

"역시 그랬군."

처음에는 그럴 리가 없을 거라며 애써 부정했지만, 이번 일로 확실히 알았다.

그렇다면 주군의 첫 번째 권속인 자신이 어째서 이토록 무력하게 패배했는지도 알 것 같았다.

"정말로 네가 설풍검제였나? 너 역시도 강림……."

"쉿."

루크가 검지를 입에 가져다 댔다.

"그건 아무한테도 말하면 안 되지."

푸우우욱.

벨무스가 브레멘의 가슴팍에 깊게 박혔다.

근육과 뼈를 가르고 마침내 코어까지도 꿰뚫었다.

"크으으으윽!"

"이건 내가 직접 덴 호그 앞에 가서 밝힐 거거든."

츠츠츠츠.

벨무스를 통해 한기와 화기가 동시에 브레멘의 몸으로 흘러 들어갔다.

그리고 일부러 두 기운의 균형을 깨트리는 순간.

푸화아아아악!

브레멘의 내부에서 폭발이 일어났다.

그의 몸에 난 상처들에서 일제히 검은색 피가 터져 나왔다.

'설풍……검……제.'

이미 성대마저 터져 버린 상태였기에, 그의 말은 그저 입 모양으로만 머물 뿐이었다.

"크으윽……."

결국 브레멘의 고개가 바닥으로 툭 떨어졌다.

루크는 그가 죽은 것을 확인하고는 벨무스를 뽑았다.

그리고는 브레멘의 뒤쪽을 보았다.

아직 그에겐 해야 할 일이 남아 있었다.

브레멘은 죽었다고 하더라도 전투가 모두 끝난 건 아니었으니까.

"키하아아악."

마룡의 군단은 루크를 마주하자마자 주춤주춤 뒤로 물러났다.

그들도 브레멘이 제대로 대항조차 하지 못하고 죽은 것을 보았다.

아무리 마기에 취해 두려움이라는 감정을 잃어버렸다고는 해도, 루크가 뿜어내는 기세는 잃어버린 감정마저 다시 불러 일으킬 정도로 강렬했다.

"마룡의 군단, 너희도 오랜만이네."

루크가 중얼거렸다.

씨익.

그의 입가에 차가운 미소가 그려졌다.

파앗!

루크의 신형이 순식간에 사라졌다.

그 자리엔 미처 루크를 따라가지 못한 눈송이 하나만이 남아있었다.

푸화아아아아악!

그리고 군단 사이에서 검은색의 피가 폭풍처럼 휘몰아쳤다.

200년 전, 인간들 중 가장 많은 군단을 학살하고 다녔던 설풍검제 루크 슈넬덴이 다시 돌아온 것이다.

남아 있던 마룡의 군단은 그야말로 눈 깜짝할 사이에 정리되었다.

루크가 앞장서서 군단을 휘젓고 나면, 나머지는 제국군과 슈넬덴군이 정리하는 식이었다.

"후우……."

군단의 마지막 병사마저 베어 버린 후, 루크는 그 자리에 멈춰 숨을 내뱉었다.

이토록 격한 전투를 치른 사람이라고는 믿을 수 없을 정도로 숨소리가 차분했다.

루크는 뒤쪽으로 고개를 돌렸다.

자신을 뒤따라오던 제국군과 슈넬덴군이 보였다.

그러나 그들 중 바로 다가오는 이는 없었다.

본디 인간은 자신보다 아득히 강한 존재를 보면 경외심이 느껴지기 마련.

좀 전의 전투를 본 지켜본 그들로서는 루크가 같은 인간이 아니라 투신처럼 느껴진 것이다.

어쩌면 루크가 전생에서 가장 많이 받아 봤던 시선이었다.

하지만 그곳에서도 예외는 있었으니.

"루크!"

선두에 있던 테오가 헐레벌떡 뛰어왔다.

몸도 성치 않았으면서도 반가운 마음에 몸을 막 움직인 것이다.

"으윽!"

그러다 다리에 힘이 풀려 바닥에 주저앉을 뻔했다.

루크가 그런 테오를 부축하고는 환하게 웃어 주었다.

"이럴 필요는 없는데."

"이 손 놓으면 바로 쓰러질 거 알고 있으니까 조용하고 있어."

"크흠……."

"아무튼 고생했어. 내가 없는 동안에 형의 활약상이 대단했다던데?"

"음? 뭐, 활약상까지는 아니고……."

루크의 입에서 대뜸 칭찬이 나오자 테오도 머쓱해했다.

"혼자서 설풍검 7식까지 익혔다며?"

"그것도 알고 있었어?"

"삭풍대에게 정보를 기록해 두라고 했거든. 폐관 마치고 나오자마자 전황을 파악할 수 있도록."

폐관을 마치고 정보를 확인한 루크는 테오의 소식에 진심으로 놀랐다.

아무리 비전서와 주석서가 있다고 해도, 혼자서 이렇게 빠른 시일 내에 설풍검 7식까지 익히다니.

과거 자신이 키우던 기사들 중에서 그 어떤 녀석들도 이렇게 빠르지는 않았다.

그만큼 테오의 재능도 자신 못지않다는 의미이리라.

루크가 고개를 끄덕이고 있을 때, 그 뒤쪽으로 브리데커와 엘린이 다가왔다.

"이공자님! 일공자님만 너무 챙겨 주는 거 아닙니까?"

"맞아요. 저희도 그동안 나름 성장했다고요."

둘은 입을 삐죽이며 툴툴거렸다.

어딜 보더라도 조금 전까지 목숨을 건 싸움을 하던 이들 같지는 않았다.

아마 루크가 등장하고서부터는 긴장감이 풀렸기 때문이었다.

루크는 둘의 말에 고개를 끄덕였다.

"너희 모두 내가 생각했던 것 이상이었어."

루크는 폐관에 들어가기 직전 황탑주에게 한 가지를 부탁했었다.

만약 본가가 위험할 정도로 큰 위기가 찾아오면 마나홀의 문을 열어 달라고.

그러나 자신이 설풍검제와 수천 번을 넘게 싸운 끝에 승리를 거머쥐는 순간까지도 마나홀의 문은 열리지 않았다.

그래서 막 폐관을 끝냈을 때는 덴 호그가 예상외로 소극적으로 움직였다고 생각했었다.

하지만 알고 보니 덴 호그는 200년 전만큼이나 적극적으로 움직이고 있었다.

그저 테오 사단을 위시한 슈넬덴군이 이곳저곳에서 활약해 준 덕분에 세력 확장이 더뎠던 것일 뿐.

그러니 이들의 활약상이 얼마나 대단한 것인지는 설명할 필요도 없었다.

"엘린, 이 정도면 극찬이지?"

"극찬이야."

브리데커와 엘린은 진심으로 만족하는 것 같았다.

"루크 공자……."

그때 누군가 느릿한 발걸음으로 루크에게 다가오는 게 보였다.

아이바르는 루크와 테오 사단을 보며 정중히 인사했다.

모든 이들이 보는 앞에서 황제가 이런 인사를 보이는 건 매우 드문 일이었다.

"폐하는 왜 이러신데요? 안 어울리시게."

"슈넬덴이 제국을 두 번이나 구하였소. 어찌 그 고마움을 표하지 않을 수 있겠소."

"뭐, 알았어요."

루크는 손을 휙 저었다.

"근데 그건 마음만이 아니라 물질로도 보여야 한다는 건 아시죠?"

"허허허, 알다마다! 이제는 나도 슈넬덴의 방식에 적응하였소."

제국군은 그 모습을 멍한 눈으로 바라봤다.

아이바르와 슈넬덴의 공자가 저토록 허물없이 대화하다니.

새삼 슈넬덴과 브리든이 친우라는 말이 그저 비유적인 표현만은 아닌 것 같았다.

"이제 네 이야기 좀 해 봐."

그사이 테오가 치고 들어왔다.

"넌 이제 준비를 마친 거야?"

테오가 물었다.

"말했잖아. 모두들 덕분에 폐관 수련에 온전히 임할 수 있었다고. 준비를 모두 마치고서 나온 거야."

"하긴 브레멘 그 괴물을 그렇게 쉽게 상대하는 걸로 보면 걱정할 건 없겠네."

테오는 흐뭇하게 미소 지었다.

그러나 그런 미소도 잠시, 그의 눈빛은 진지해졌다.

"그래서 이제 어떡할 거야?"

그 질문이 나오자 주변의 순식간에 비장해졌다.

다들 뭔가 기대하는 모습이었다.

지금까지는 마룡의 군단에 당하기만 했다.

물론 잘 막아 내기는 했지만, 그 과정에서 그들은 많은 것을 잃었다.

미처 지키지 못한 가족, 장렬히 전사한 후에도 노리개가 되어 깨어난 동료, 황폐해진 영지.

그 참혹한 상황에서도 그들이 버티고 있었던 이유는 딱 하나.

바로 루크가 준비를 마치고 돌아오는 것이었다.

그리고 루크가 돌아왔다.

이제는 공수의 방향이 바뀔 때가 되었다는 의미.

모두들 기대감에 어린 눈으로 루크를 보았다.

마침내 루크의 입이 움직였다.

"다들 생각하는 바가 맞아."

루크의 시선이 남쪽을 향했다.

"이젠 우리가 공격해야 할 차례야."

Chapter 3

코넬리오군이 제국의 황도 힐레스도르까지 진격했으나 결국 대패하고 말았다.

그 소식이 코넬리오 연합의 가문들에게 전해졌다.

그들은 알고 있었다.

이번 공격에 코넬리오가 꽤 많은 병력을 쏟아부었다는 것을.

그 공격이 실패했으니 그들이 맞이할 운명은 하나였다.

바로 공수의 역전.

여태껏 방어만 하던 슈넬덴 연합이 남하하기 시작한 것이다.

"가, 가주님!"

자신을 애타게 찾는 목소리에 아이거 악투스는 인상을 찌푸렸다.

굳이 무슨 일이냐고 물을 필요도 없었다.

보나 마나 어떤 가문이 무너졌다는 소문일 테지.

요 몇 주 계속해서 똑같은 소식을 접하고 있다 보니 이상해할 것도 없었다.

"그들은 어디까지 왔는가?"

"그것이……."

"말해 보거라."

"서벗가까지 무너졌다고 합니다."

"허, 얼마 전에 히드렌가가 함락되었다고 하더니 벌써 서벗가까지 무너졌다는 건가?"

슈넬덴 연합은 그야말로 파죽지세라는 말처럼 빠르게 진격해 왔다.

반격이 시작되었다는 소식을 들은 지 얼마 되지도 않은 것 같은데, 벌써 자신들의 코앞까지 다가온 것이다.

이 정도면 이전 목적지에서 다음 목적지로 달려오는 게 아닌가 싶은 정도였다.

'어떻게 그럴 수가 있는 거지?'

한 가문을 함락시키는 데 하루도 채 걸리지 않는다는 게 말이나 되는가?

그 이유는 궁금해할 필요도 없었다.

머지않아 직접 자신의 눈으로 확인하게 될 테니까.

서벗 가문은 악투스 가문 바로 앞에 위치한 가문.

다시 말해 저들의 다음 목표는 이곳 악투스라는 것이었다.

"코넬리오 측에 추가 지원을 요청한 건 어찌 되었느냐?"

"병력을 더 보내 주기로 했습니다. 그 대신……."

시종장이 말끝을 흐렸다.

"또 영지민들을 보내 달라고 하던가?"

"그렇습니다……."

저들에게 지원군을 받기 위해서는 그 숫자에 맞는 영지민들을 희생해야 했다.

물론 코넬리오가 지원해 주는 병력은 강력하기 그지없었다.

하나같이 강력한 것은 물론이었고, 두려움마저 없었다.

마치 지상 유일의 명을 받기라도 한 것처럼 그들은 사지를 향해 망설임 없이 달려들었다.

그러나 코넬리오의 병력이 뭔가 이상하다는 건 이미 연합의 가주들 사이에서는 돌고 있었다.

애당초 검은색 눈에 침을 질질 흘리는 이들을 보고서 어느 누가 이상하게 여기지 않을 수 있겠는가.

적들은 자신들을 향해 마룡의 군단이라 부른다.

처음에는 그 말을 절대 인정하지 않았다.

'마룡을 쓰러뜨린 가문이 마룡의 군단을 운용하다니, 그럴

리가 없지 않은가?'

애써 그 사실을 떠올리며 현실을 회피했다.

아마도 빠르게 마나를 보충하기 위한 노동력이 필요한 것
이리라.

그렇게 생각하면서.

"하아……."

한숨이 새어 나왔다.

하지만 지금은 그런 근원적인 문제를 따지고 있을 때가 아
니었다.

가문의 존속마저 위험한 상황.

지푸라기라도 잡아 보는 심정으로 추가 지원군을 요청한
것이다.

물론 추가 지원군이 온다고 해서, 그리 큰 변화가 있을 것
같지는 않지만.

텅!

시종장이 나갔다.

"하아……."

한숨이 나왔다.

덜덜.

아이거는 자신의 손이 떨리고 있다는 걸 깨달았다

'내가, 두려워하고 있는 건가?'

그랬다.

대륙의 그 누구보다 강력한 가문인 악투스 가문의 가주조 차 슈넬덴 연합에게는 겁을 먹은 것이다.

특히 루크 슈넬덴.

그 녀석이 바로 이 미친 속도의 진격을 이끌어 가는 주역 일 테니.

쪼르르륵.

아이거는 두려움을 떨쳐 내기 위해 술을 따랐다.

'인생이 참으로 덧없구나.'

불과 몇 년 전만 하더라도 브리든 제국을 넘어 대륙제이의 세력으로서 발돋움하려고 했던 악투스 가문.

하지만 그 몇 년 만에 자신들은 바람 앞에 등불이 되어 버 렸다.

게다가 코넬리오에게 지원군을 달라며 무고한 영지민들까 지 희생하고 있었다.

반면 브리든 제국은 대륙 제이의 자리는 내주었을지언정 스스로의 힘으로 영지를 지켜 내고 반격까지 하고 있었다.

무엇이 이 차이를 만들었는가.

'결국 슈넬덴인가?'

자신들은 이전처럼 코넬리오를 따랐고, 제국은 슈넬덴의 가능성을 알아보고 그들과 함께했다.

처음에야 그 선택을 조롱했지만, 지금 결과를 보라.

'되돌릴 수 있다면 되돌리고 싶군.'

하지만 시간을 되돌릴 수는 없는 법.

꾸우우우욱.

쨍그랑!

주먹을 어찌나 꽉 쥐었던지 들고 있던 잔이 깨져 버렸다.

포도주가 마치 피처럼 주먹을 타고 뚝뚝 흘러내렸다.

아이거의 눈은 뭔가 결심하기라도 한 듯 타올랐다.

"어차피 이렇게 되어 버린 것, 악투스 가문까지 내줄 수는 없겠지."

그가 자리에서 일어났다.

악투스가의 기사답게 전장에서 산화하리라.

그는 가슴 깊이 다짐하며 가주전을 나섰다.

머지않아 슈넬덴군이 가문의 정문까지 들이닥쳤다.

여태껏 검을 갈고 있던 아이거는 시종장의 말을 듣고는 곧장 정문으로 나갔다.

그리고 그곳에서 도열하고 있는 악투스군을 보았다.

"가주님!"

"가주님이 오셨다."

"가주님, 이곳은 저희가 목숨을 걸고 지키겠습니다."

자신을 발견한 기사들이 경례를 했다.

저들의 충성은 정말로 고마운 일이었다.

하지만 지금은 그 충성에 일일이 답변하고 있을 여유가 없었다.

정문 너머에서 슈넬덴 연합군이 다가오고 있었으니까.

휘우우우웅!

저들이 다가오면 다가올수록 바람이 강해졌다.

저들이 내뿜는 기세가 공기의 흐름마저 바꾸고 있는 것이다.

그리고 그들 한가운데서 한 사내가 걸어 나왔다.

보기에는 다른 기사들과 전혀 다른 게 없어 보이는 외형.

하지만 그가 뿜어내는 기운은 그의 외형을 몇 배로 커 보이게 할 만큼 강렬했다.

"루크 슈넬덴."

"가주가 직접 나와 있을 줄은 몰랐네."

"그대들을 막기 위한 의지의 발현이라고 해 두지."

"의지의 발현이라······."

루크는 도열해있는 악투스가의 병력을 둘러보았다.

그러고는 못 볼 것을 보기라도 한 것처럼 인상을 찌푸렸다.

"너 역시도 다른 가문 놈들과 다를 바가 없어."

"······."

아이거는 차마 할 말이 없었다.

루크가 무엇을 보고서 저런 말을 하는지 알고 있었으니까.

저 녀석도 코넬리오가 보내 준 지원군의 비밀을 알고 있는 것이겠지.

그렇다고 여기서 그걸 인정할 수는 없었다.

자신이 인정하는 순간, 필사의 의지를 다지고 있는 악투스군의 사기를 꺾어 버리게 될 테니까.

"말했잖은가. 혼신을 다해 그대들로부터 가문을 지키고자 한다고."

"그 혼신을 다 한다는 게 영지민들을 희생해서 만들어 낸 괴물인가?"

"괴물이라니, 저들은 코넬리오에서 훈련을 받고 온 것이다. 단기간에 전사가 되기 위한 훈련이지."

루크의 눈썹이 부르르 떨렸다.

입만 번지르르해서는 자신들의 악행에 명분만 갖다 붙이는 놈들.

명문이라는 놈들은 200년 전과 달라진 것이 전혀 없었다.

아니, 어쩌면 그때보다 더 타락했을지도 모르겠다.

그때는 영지민까지 희생해서 뭔가를 하려 하지는 않았으니까.

스릉.

루크가 벨무스를 뽑았다.

"코넬리오 연합에 가담했다고 하더라도 선을 넘지 않은 놈들은 일단 넘어가 주려고 했어."

루크의 눈이 이글거리고 있었다.

"하지만 영지민들을 마룡의 군단으로 만들어 버렸으니, 너희는 마룡의 똘마니가 되어 버린 거지."

"마룡이라니! 어디서 그런 궤변을 지껄이는가?"

"오늘로써 악투스 가문도 지도상에서 사라지는 날이다."

파아아앗!

루크가 아이거를 향해 달려들었다.

그리고 그 뒤를 슈넬덴 연합군이 따랐다.

"마룡과 관련된 놈들은 모조리 베어 버린다."

루크의 눈에서 광망이 일렁인다 싶더니.

서거거거걱.

푸화아아악.

악투스가 병력들 사이에서 피보라가 일었다.

어느새 루크가 그 무리 속으로 파고들어 검을 휘두르고 있는 것이었다.

루크의 주위로 새하얀 검기가 눈처럼 아른거렸다.

"끄아아아악!"

"커허헉!"

그 눈송이가 내릴 때마다 주위로는 시체가 산처럼 쌓여 갔다.

"흐랴아아압!"

몇몇 용맹한 기사들이 루크를 향해 검을 휘둘러 보았지만,

그 대가로 다른 이들보다 더 빨리 목숨을 잃어야 했다.

고작 한 명의 기사에 의해 명문이라 불리는 악투스의 기사들이 속수무책으로 당하다니.

여기서 뒤따라오는 본대가 도착하기라도 한다면?

승패는 너무나 명확해 보였다.

"으으으…… 도망쳐!"

"비켜라!"

악투스군은 겁에 질린 채로 달아나기 시작했다.

그러나 곧 중대한 문제를 직면하게 되었다.

도망을 친다면 어디로 가야 한단 말인가?

바로 이곳이 자신들의 거처인데.

그때였다.

"네 이노오오오오오옴!"

땅을 울리는 듯한 호통과 함께 거대한 기운이 루크를 향해 쏘아졌다.

성인 남자 두 명을 합친 것만큼 거대한 대검.

아이거 악투스의 애검인 바라크마가 루크를 향해 내리쳤다.

악투스군의 눈빛에는 조그만 희망이 자라났다.

분명 저들이 명문가를 차례차례 부수며 이곳까지 왔다지만, 악투스의 가주는 다를 것이다.

아이거 악투스야말로 가장 악투스다운 검을 구사하는 분

이었으니까.

가주의 바라크마가 저 새하얀 살인귀를 찢어 버리리라.

그렇게 기대했다.

하지만 상황은 그들의 생각과는 전혀 다르게 흘러갔다.

톡.

루크는 아이거의 검을 향해 벨무스를 가져다 댔다.

아주 가볍게.

그러자 대지를 가를 것 같았던 아이거의 검이 멈춰 버렸다.

"헛?"

검을 휘두른 아이거마저 눈이 찢어질 듯 커졌는데, 그걸 지켜보는 악투스군들은 오죽하겠는가.

스르륵.

벨무스가 천천히 반원을 그렸다.

바라크마는 자석으로 달라붙기라도 한 것처럼 벨무스를 따라 움직였다.

대체 무엇을 하려고 저러는 것일까.

그 순간 아이거는 깨달았다.

지금 저 동작이 무엇이 의미하는지.

"힘의 순환?"

그러고 보니 예전에 알프렌 장로로부터 보고를 들은 적이 있었다.

슈넬덴의 공자가 힘의 순환을 사용했었다고.

'그저 흉내만 낸 것이라 생각했건만……!'

이건 흉내를 낸 수준이 아니었다.

아니, 오히려 이건 '힘의 순환'을 더욱 발전시켰다.

상대의 힘을 온전히 받아들인 후, 자신의 힘까지 더해 단번에 내보내려는 것이다.

반원을 그린 루크가 다시 검을 내지르는 순간.

콰아아아아아앙!

루크를 향하고 있던 힘의 방향이 자신에게로 바뀐 것이다.

거대한 검풍이 아이거를 향해 쏟아졌다.

"크으으으윽!"

아이거는 바라크마를 크게 휘둘러 검풍을 막아 내려 했다.

하지만 검풍 사이로 보이는 새하얀 빛을 본 순간, 그는 탄식하고 말았다.

애당초 자신이 이를 악물고 막은 이 공격은 루크에게 있어선 그저 시선을 끌기 위해 내지른 것에 불과했다니.

'슈넬덴의 공자가 저토록 괴물이었던 것인가…….'

강하다는 건 예상하고 있었지만, 이 정도일 거라고는 생각하지 못했다.

어쩌면, 아주 어쩌면 이자에 의해 코넬리오가 무너질 수도 있겠다는 생각이 들었다.

쿠구구구구.

그사이 벨무스의 빛은 더욱 강해졌다.

악투스가의 전체가 벨무스의 빛으로 뒤덮였다.

그 빛무리 속에서 루크의 목소리가 들려왔다.

설풍검 10식 파천의 강설.

그것은 선고였다.

곧 악투스가가 무너진다는 선고.

곧이어 새하얗게 빛나는 거대한 검이 아이거의 머리 위로 떨어졌다.

콰아아아아앙!

쿠르르르.

굉음과 함께 충격파가 터져 나왔다.

그리고 충격파로 악투스가의 건물이 무너져 내렸다.

빛무리와 먼지가 모두 가라앉은 후.

"크으으윽."

그 폭심지에는 아이거가 쓰러져 있었다.

모든 뼈가 으스러지는 바람에 더 이상 움직이는 것조차 어려워 보였다.

그 위로 루크의 차가운 시선이 내리꽂혔다.

"끄으윽."

"똑똑히 기억해라, 네 선택으로 인해 악투스가 사라지는 거니까."

루크는 슈넬덴 연합군을 향해 외쳤다.

"마룡의 똘마니가 되어 버린 악투스가를 모조리 말살하라!"

"와아아아아아!"

폭심지 위를 뛰어넘어 가는 연합군 탓에 아이거가 보고 있던 하늘은 새카매졌다.

시야도 점점 흐려져 갔다.

'어디부터 잘못된 거지…….'

이곳에 그의 질문에 대답해 줄 사람은 없었다.

아이거는 그렇게 혼자서 외로이 죽어 갔다.

코넬리오 본가.

붉은 피로 그려진 마법진 위에 그레이엄 코넬리오, 아니 마룡 덴 호그가 가부좌를 틀고 앉아 있었다.

그의 정체를 몰랐다면 무인이 깨달음을 얻기 위해 명상을 하는 중이라고 착각했을 것이다.

그만큼 그 자세는 경건하기 짝이 없었다.

후욱.

마법진 꼭짓점마다 놓여 있던 촛불 중 하나가 꺼졌다.

"음……."

그 모습을 본 덴 호그는 눈썹을 씰룩거렸다.

"이렇게 또 한 명이 사라져 버렸군."

각 촛불에는 코넬리오 연합 소속 가주들 그리고 권속들의 이름이 적혀 있었다.

그리고 방금 꺼진 촛불은 아이거 악투스의 촛불이었다.

이로써 꽤 쓸만한 촛불들은 모두 꺼지고 말았다.

"그래도 그 녀석은 꽤나 버틸 줄 알았건만."

서벗 가주의 촛불이 꺼지고 머지않아 악투스 가주의 촛불도 꺼졌다.

이는 아이거 악투스가 단 하루도 버티지 못하고 전사했다는 의미.

슈넬덴 연합의 진격 속도가 예상했던 것보다 훨씬 빨랐다.

"루크 슈넬덴, 그 녀석 때문인가?"

브레멘이 당했을 때보다 심상치 않다고 여겼지만, 그 설풍이 이토록 거셀 줄이야.

북쪽에서 불어온 설풍은 이제 코넬리오 본가에마저 불어닥치기 직전이었다.

씨익.

그러나 덴 호그의 입가엔 근심 대신 미소가 그려졌다.

마치 애피타이저를 먹고 메인 코스 요리를 기다리기라도 하는 것처럼 입맛도 다셨다.

"아아, 이거 정말이지 참을 수가 없군."

그는 비척거리며 자리에서 일어났다.

덴 호그는 자신의 부활 직후 루크가 폐관 수련에 들어갔다는 소식은 알고 있었다.

그동안 그 역시도 많은 준비를 할 수 있었다.

마의 공포가 대륙을 휩쓸었고, 대륙에 턱없이 부족하던 순수한 마기도 풍부해졌다.

그 마기를 충분히 흡수한 덕분에 자신의 힘도 200년 전만큼 회복했다.

그러나 그가 원하는 건 고작 200년 전과 똑같아지는 것이 아니었다.

이 차원의 어떤 존재도, 심지어 그것이 신이라고 하더라도 감히 대적할 수 없는 존재가 되는 것이야말로 200년 전 계약을 맺고 이 기나긴 세월을 기다려 온 이유가 아니던가.

그리고 그 마지막 열쇠는 단 하나.

바로 루크였다.

지금보다 더욱 진한 피와 순수한 마기에 푹 절여진 루크 말이다.

그 녀석을 취함으로써 이 준비가 완성되는 것이다.

"오너라, 슈넬덴의 아이여. 하루라도 빨리 이곳으로 오너라."

그는 기대감을 담아 한바탕 폭소를 터뜨린 후, 하늘을 향해 두 손을 활짝 펼쳤다.

그의 입에서는 인간의 것이 아닌 것 같은 목소리가 흘러나왔다.

휘우우우웅.

사방이 막혀 있는 가주전에서 바람이 휘몰아치기 시작했다.

붉은 마법진이 더욱 빛났다.

"지금보다 더욱 많은 피를 적시고서, 더욱 많은 마기를 묻히고서 내게 오너라!"

덴 호그의 목소리가 코넬리오 영지 전체로 퍼져 나갔다.

그리고 그 목소리가 닿은 곳에서는 끔찍한 일들이 벌어졌다.

"으아아아아악!"

"끄아아아아악!"

전쟁 소식에 집 문을 걸어 잠근 사람들도, 전쟁을 피해 더욱 남쪽으로 도망치던 피난민들도, 산골 마을에 있는 탓에 대륙 정세를 전혀 모르는 주민들도.

코넬리오의 광활한 영지 안에 있던 민간인들이 비명을 지르며 쓰러졌다.

뚜두두두둑.

"크르르르르."

그리고 그들은 전혀 다른 존재로 깨어났다.

붉은색으로 물든 눈, 그리고 온몸으로 뿜어내는 음침한 기운.

죽은 인간의 몸에 악마가 강림한다면 저런 모습이 아닐까.

그런 생각이 들 정도로 참혹한 모습이었다.

"크르르르륵."

"키아아아악."

대륙 각지에서 깨어난 마의 씨앗들은 일제히 한곳으로 모이기 시작했다.

그 위치는 당연하게도 코넬리오의 본가.

정확히는 루크가 이끄는 슈넬덴 연합군이 있는 곳이었다.

코넬리오로 향하는 길.

슈넬덴 연합군은 하루도 빠짐없이 마룡의 군단과 전투를 치르고 있었다.

그건 오늘도 마찬가지였다.

"키아아아아악!"

마룡의 군단들이 연합군을 향해 곡괭이를 들이밀었다.

고작 논밭을 경작할 정도밖에 되지 않는 뭉툭한 곡괭이.

평범한 전투에서는 기사의 갑옷조차 뚫지 못했을 것이다.

그러나 마화가 된 이의 손에 들려 있을 때는 충분히 위험한 무기였다.

아니, 위험하다는 정도가 아니라 치명적이라는 말이 어울릴 수도 있었다.

콰아아아아아!

곡괭이에서 뿜어져 나온 마기가 순식간에 슈넬덴 연합군들을 베어 버렸으니까.

그 탓에 연합군 대열에 균열이 생겼다.

"크르르르륵."

"끼아아아아!"

군단은 일순간 금이 간 대열을 귀신같이 알아차리고, 그곳으로 몰려들었다.

여기서 대열의 균열이 더 벌어진다면 자칫 희생이 커질 수도 있는 상황.

다행히 테오가 군단의 앞을 막아섰다.

츠츠츠츠.

테오의 검에서 검기가 일렁였다.

당장이라도 적들을 향해 검기를 뿌릴 것 같은 기세.

그러나 마나를 끌어 올리는 테오의 표정이 어딘가 찜찜해 보였다.

"젠장……."

잠깐의 망설임 이후, 그는 이를 꽉 깨물고 군단을 향해 검을 휘둘렀다.

설풍이 휘몰아쳤다.

군단은 마기를 뿌려 몰아치는 설풍을 막아 내고자 했지만, 오히려 설풍이 군단을 단번에 쓸어버렸다.

테오의 활약 덕분에 잠깐 흔들렸던 대열도 재정비할 시간을 벌었다.

"대열 전진!"

"군단을 몰아내라!"

대열이 정비되자마자 연합군은 곧장 진격하기 시작했다.

연합군은 한 번 흐름을 잡자마자 파죽지세로 몰아붙였고, 머지않아 전투에서 승리를 거머쥐었다.

그러나 승전에도 불구하고 테오의 표정은 썩어 문드러졌다.

"덴 호그, 이 쓰레기 같은 놈."

그는 피를 털어내며 욕을 내뱉었다.

그도 그럴 것이 녀석은 이제 대놓고 민간인을 마화시켜 병력으로 내세우고 있었기 때문이다.

심지어 그들은 힐레스도르에서 봤던 옛 제국군들과는 달리 죽은 이들을 되살린 것도 아니었다.

저들이 들고 있던 무기를 보면 알 수 있다시피, 저들은 얼마 전까지만 해도 힘겹게 하루를 살아가던 평범한 사람들이리라.

그런 그들을 직접 검으로 베는 마음은 참혹하다는 말로 다 설명할 수도 없었다.

"대체 마룽은 뭔 짓을 벌이고 있는 거야?"

"놈이 마기를 광역으로 퍼뜨렸어. 격이 충분하지 못한 이들은 덴 호그의 마기에 휩쓸릴 수밖에 없지."

루크도 인상을 찌푸린 채 피를 닦으며 말했다.

민간인을 벤 것이 찝찝하기 때문만은 아니었다.

'내가 힘을 되찾는 동안, 덴 호그도 힘을 모두 회복한 건가?'

광역에 걸친 마화는 덴 호그의 공포가 대륙을 완전히 휩쓸었을 때가 되어서야 보였던 기술이었다.

그러니까 덴 호그도 200년 전, 녀석이 가장 강했을 때의 힘을 회복했다는 의미이리라.

'내심 아직 힘을 회복한 게 아니길 바라고 있었는데, 결국 이렇게 됐네.'

폐관 수련에 들어갈 때부터 덴 호그 역시 힘을 회복할 시간을 주는 거라는 건 각오하고 있었다.

그에겐 서로 과거의 힘을 모두 회복한 채로 싸우면 이길 수 있다는 자신감이 있었기 때문이다.

"계속해서 이 민간인들을 상대하고 있을 순 없어. 시간이 지날수록 녀석이 뿌리는 마기는 더욱 강해질 테고 격이 더 강한 이들까지도 녀석에게 물들어 버릴 테니까."

지금도 군단 사이사이에 적탑의 마법사들이나 각 명문가의 기사들이 간간이 보였다.

그런데 시간이 더 흘러 그들 전원이 마화가 되어 몰아친다면?

마룡에게 도착하기도 전에 힘겨운 전투를 여러 번 치르게 될 것이다.

"그럼 어떻게 해야 해?"

테오 사단의 표정이 심각해졌다.

루크는 냉정한 목소리로 말했다.

"우리도 전력으로 맞붙어 최대한 빨리 끝을 내야 한다는 거겠지."

"이미 우리는 전력을 다하고 있는 거 아니야?"

"우리뿐만 아니라 마룡에 맞서 싸우는 모든 이들이 전력을 부어야 한단 말이야."

"그러니까 200년 전처럼 마룡 토벌군을 만들어야 한다는 거지?"

루크가 고개를 끄덕였다.

해결책을 제시했음에도, 여전히 테오 사단의 표정은 밝아지지 않았다.

"그런데 다들 군말 없이 토벌군을 보내 주려나?"

토벌군을 구성하기 위해선 그저 여유 병력을 보내는 것이 아니었다.

최소한의 방위 병력만을 두고 가용한 모든 병력을 보내는 것이다.

과연 누가 선뜻 그리할 수 있겠는가.

과거에 슈넬덴이 그리했다가 멸문할 뻔한 것을 모두들 똑똑히 봤을 텐데.

"그놈들이 과거로부터 배운 게 있기를 바라는 수밖에 없지."

"만약 배운 게 없다면……?"

"그래도 상관없어. 좀 돌아갈 뿐, 마룡은 내가 반드시 처치할 거야. 그리고 그놈들에겐 과거와는 달리 머뭇거린 대가를 치르게 해 줘야지."

"알겠어, 그럼 지원 요청은 내가 할게."

테오가 말했다.

"그래."

공식적으로 이 연합군의 대표는 테오였으니 그편이 더 적합할 것이다.

"……."

테오가 연락하러 간 후, 루크의 시선은 허공을 향했다.

루크의 눈은 과거의 어느 순간을 보고 있는 것 같았다.

절대 과거와 같은 실수를 하지 않으리라.

루크의 머릿속은 오직 그 생각으로만 가득 차 있었다.

✤

테오는 대륙의 모든 가주들과 단체의 수장들에게 총공세 지원을 요청했다.

처음에는 예상했던 대로 난색을 표했다.

하지만 테오의 한마디가 그들의 마음을 돌려놨다.

　―슈넬덴은 모든 병력을 파병하였소. 200년 전과 똑같이. 이제는 그대들이 보여 줄 차례이오. 부디 도망치지 마시오. 과거의 실수를 반복하지 마시오.

그 말에 그들은 모든 병력을 지원하기로 한 것이다.

200년 전, 그 험한 꼴을 당했던 슈넬덴조차 과거와 똑같이 파병한다는데, 다른 이들이 무슨 명분을 들어 병력을 보내지 않을 수 있는가.

슈넬덴, 브리든 제국을 비롯한 그 휘하의 여러 가문들, 서부의 자유도시들 그리고 설산 오크와 드워프, 엘프 같은 이종족들까지.

모든 이들이 자신들의 전력을 보냈다.

심지어 과거에는 움직이지 않았던 황탑주마저 직접 황탑의 마법사들을 이끌고 참전하기로 했다.

그야말로 코넬리오 연합을 제외한 모든 이들이 토벌대로 나선 것이다.

"제법인데?"

루크도 그 수완에 제법 놀랐다.

테오는 머쓱하게 웃었다.

"사실 마지막에 협박을 살짝 덧붙이긴 했어. 마룡을 처치하고 나면 슈넬덴은 이 일을 꼭 기억할 거라고."

"간절한 부탁 뒤에 따라오는 협박은 사람들의 마음을 움직이기에 충분하지."

루크는 자리에서 일어났다.

"어디 가려고?"

"우리도 슬슬 출발해야지."

"응? 토벌대를 기다리는 게 아니고?"

"응, 마룡과 직접 싸우는 건 나랑 형, 브리데커, 엘린만이야."

테오가 고개를 갸웃했다.

"그럼 다른 사람들은?"

"마룡은 격이 낮은 이들의 정신을 조종할 수 있어. 괜히 많은 사람을 데려갔다가 마화라도 되면 더 골치 아파져."

"그렇구나."

"그들은 대륙 곳곳에서 이쪽으로 모여드는 마룡의 군단을 막아 주는 거지. 우리가 덴 호그와의 전투에만 집중할 수 있도록."

그래서 지난번에도 토벌군이 군단을 막고 그동안 멀빈과 루크만 마룡을 상대하기 위해 마룡의 계곡으로 들어간 것이었다.

테오도 이해한 것 같았다.

"그럼 지금 바로 출발하는 거지?"

"괜히 여기저기서 모여드는 군단과 싸우느라 힘 빼지 않으려면 최대한 빨리 움직여야지."

"다른 사람들에게는 알리지 않아도 돼?"

"이미 황제에게 다 말해 뒀어. 합류하는 토벌군은 그가 알아서 지휘할 거야."

"그렇구나."

테오 사단도 몸을 일으켰다.

고작 네 명에서 코넬리오 본가를 가게 되었음에도 그들에게선 아무런 망설임도 없었다.

그건 바로 루크가 있기 때문이리라.

그들에겐 루크가 가는 곳이라면 설령 그곳이 지옥이라도 따라갈 각오가 되어 있었다.

"그럼 가자."

루크가 그들을 향해 말했다.

"코넬리오 본가가 있는 곳으로."

루크 일행은 코넬리오 본가를 향해 질주했다.

소수 정예만 움직인 것이기에 대규모의 병력이 움직였을 때보다도 훨씬 빠르게 도착할 수 있었다.

그들은 언덕 위에 서서 커다란 성벽을 내려다보고 있었다.

"저기가 코넬리오 성이지……?"

테오가 조심스럽게 물었다.

그도 몰라서 물은 것은 아니었다.

그저 저 칠흑 같은 마기에 휘감긴 성안에 코넬리오 본가가 있다는 게 믿기지 않을 뿐.

"이제 여긴 코넬리오 성이 아니라 마룡의 계곡이라 불러야 겠는데."

루크의 말에 모두가 고개를 끄덕였다.

인기척이라고는 전혀 느껴지지 않으면서도 불길한 기운만을 풀풀 풍기고 있는 장소.

저런 곳을 표현할 방법은 마룡의 계곡이라는 말밖에 없을 것이다.

"여기서 마지막으로 물을게."

루크가 테오 사단을 보며 말했다.

그의 표정은 어느 때보다도 엄숙했다.

"일단 저곳으로 들어가면 마룡과 끝장을 볼 때까지 절대 못 나와. 마룡이 죽든 우리가 죽든 결판이 나겠지. 그러니까 발걸음을 돌릴 기회는 지금뿐이야."

농담으로 하는 말이 아니었다.

괜히 어정쩡한 각오로 마룡을 마주했다가 녀석에게 마음을 지배당할 수도 있었으니까.

그러나 테오 사단은 입을 삐쭉거리며 말했다.

"고작 그 정도 경고로 우리가 돌아갈 거라고 생각한 겁니까?"

"그 정도 각오였으면 애당초 데려가 달라고 이공자님께 조르지도 않았을 겁니다.

"마지막 순간까지도 너랑 붙어 있을 거야. 그래야 역사서가 편찬될 때 내 이름도 같이 나오지."

정말이지 테오다운 발언이었다.

어쨌든 테오 사단이 저렇게 말하니 루크도 더 이상 그들을 말릴 수는 없었다.

한편으로는 안심도 되었다.

저들의 실력은 누구도 아닌 루크, 그 자신이 인정했다.

그런데 저런 마음가짐조차 있다면?

아마 마롱과의 싸움 때 도움을 받을 수 있으리라.

"좋아, 그럼 마음 단단히들 먹고 가자고."

루크는 테오 사단과 함께 코넬리오의 성문 앞으로 다가갔다.

역시나 성문 앞에는 아무도 없었다.

사시사철 성문을 지키고 있어야 할 문지기들조차 군단의 일부가 되어 버린 것이리라.

아니면 마롱의 먹잇감이 되었거나.

척.

루크가 벨무스에 손을 올렸다.

굳게 닫힌 성문을 베어 내기 위함이었다.

그러나 굳이 그럴 필요는 없었다.

쿠구구궁.

끼이이익.

성문이 그 크기만큼이나 요란한 소리를 내더니 스스로 열렸으니까.

"뭐, 뭐야?"

테오 사단은 갑자기 문이 열리자 당황한 것 같았다.

그러나 루크는 흥미롭다는 듯 미소를 지었다.

"아마도 저쪽에서도 우리를 기다리고 있나 본데?"

"혹시 함정 아니야?"

"함정이라도 어차피 우리는 저곳으로 들어가야 하잖아."

"그렇긴 하지."

"굳이 상대가 초대해 준 길을 사용하지 않을 것도 없지."

루크는 그렇게 말하며 코넬리오성의 열린 문으로 걸어 들어갔다.

그 뒤를 테오 사단이 따랐다.

❦

성안의 모습은 그들이 생각했던 것과는 달랐다.

분명 밖에서 볼 때는 그 누구의 인기척도 느껴지지 않았었는데, 성 내부에는 주민들이 있는 것이 아닌가.

그들은 벽 뒤나 집 안에 숨은 채 루크 일행을 쳐다보고 있었다.

마치 전쟁 중에 마을을 침략한 적군을 보는 것처럼 겁먹은 눈빛으로.

"뭐야, 사람들이 있잖아?"

"이상하네요. 분명 인기척은 안 느껴졌는데……."

테오 사단은 불안한 눈으로 주위를 두리번거렸다.

그때였다.

휘웅.

탁!

어디선가 날아온 돌멩이가 테오의 어깨를 때렸다.

고개를 돌려 보니 거기에는 웬 아이가 겁을 잔뜩 먹은 얼굴로 서 있었다.

그 아이는 돌멩이를 쥔 손을 더욱 꼭 쥐며 턱 끝까지 올라온 울음을 참는 것 같았다.

"나가! 우리 땅에서 나가란 말이야!"

아이가 빼액 소리를 치며 또다시 돌멩이를 날렸다.

툭.

돌멩이가 또다시 테오를 때렸다.

"우리는 너희 영지를 침략하러 온 게 아니라 마룡을……."

테오는 그 아이에게 설명해 주려고 했다.

그러나 자신의 행동은 전혀 다르게 나타났다.

스릉.

테오는 자기도 모르게 검을 뽑아 들었다.

'어, 어?'

멈춰 보려고 했지만 몸이 말을 듣지 않았다.

그러는 사이에도 그의 몸은 검을 움직이고 있었다.

츠츠츠……

검신이 하얀색 죽음의 빛을 머금었다.

'아, 아, 안 돼!'

서걱!

그 검이 아이의 목을 베어 버렸다.

아이의 머리는 겁을 먹은 표정 그대로 하늘로 치솟았다가 다시 떨어졌다.

아이의 몸에서 뿜어져 나온 피가 테오의 온몸을 적셨다.

"아아아아악!"

그걸 본 한 여인이 비명을 지르며 달려 나오더니, 바닥에 떨어진 아이의 머리를 품었다.

"그저 어린아이였잖아요! 어, 어떻게 이렇게 끔찍한 짓을……흑흑!"

그녀는 다 쉬어 버린 목소리로 테오를 향해 소리쳤다.

그 순간 사람들의 시선이 그에게 꽂혔다.

"아, 아니, 난 진짜로 그러려던 게…….."

테오가 손을 벌벌 떨며 말했다.

그러나 테오의 몸은 또다시 멋대로 움직였다.

서걱!

그는 아이의 머리를 품고 있는 어미마저도 베어 버렸다.

푸화아악.

그녀의 뜨거운 피가 테오의 얼굴에 쏟아졌다.

"대체 이게 왜…….."

테오의 정신이 점점 무너져 갔다.

사람들의 눈총이 더욱 강렬해지자 테오는 어디론가 숨고
싶다는 생각마저 들었다.

그리고 그 순간.

화악!

테오는 자신의 몸이 깊은 바닷속에 잠기는 것 같은 느낌을
느꼈다.

점점 존재감이 흩어져 갔다.

'이대로 사라지는 건가?'

그런 생각이 들었다.

동시에 그래도 상관없다는 생각도 들었다.

그냥 이 편안한 감각을 따라서 깊은 바닷속으로 가라앉고
싶어졌다.

그때 어디선가 익숙한 목소리가 들려왔다.

"……차려."

뭐라는 건지는 들리지 않았다.

그러나 분명 익숙한 목소리는 맞았다.

'저게 누구 목소리였더라…….'

"……라고!"

부우우욱!

새하얀 선이 공간을 찢고 나타났다.

그리고 그 틈을 통해 루크의 목소리가 또렷하게 들려왔다.

"아니, 도와 달라고 데려왔더니 한 방에 짐짝이 되어 버리네!"

"허억!"

테오의 눈이 번쩍 떠졌다.

검은색으로 물들었던 테오의 눈이 원래대로 돌아왔다.

주위를 둘러보니 자신을 비난하던 사람들은 온데간데없었다. 오히려 새카만 어둠만이 내려앉아 있을 뿐.

주륵.

목 줄기를 따라 식은땀이 흘러내렸다.

인제 보니 자신의 몸은 이미 땀으로 범벅이 되어 있었다.

"이, 이게 대체 어떻게 된 거야?"

"말했잖아. 마룡은 타인의 정신을 무너뜨린다니까. 놈에게 가까워질수록 이런 유의 공격은 훨씬 더 잘 먹히는 거지."

"그 말은 내가 마화할 뻔했다는 거야?"

"형뿐만 아니고 이 둘도 포함이야."

루크의 뒤에는 브리데커와 엘린이 자신과 비슷한 자세를 한 채로 숨을 헐떡이고 있었다.

심지어 자신보다 훨씬 예민한 감각을 가지고 있는 엘린조차도 환영을 알아차리지 못한 모양이다.

마화라는 게 이토록 강한 것이었다니.

테오는 그제야 마룡의 힘에 대해 실감할 수 있었다.

동시에 두려운 마음도 생겼다.

이번에는 루크의 도움으로 무사히 넘겼지만, 만약 자신이 마화가 되어 버린다면?

그런 괴물이 되어서 루크와 싸우게 될지도 모른다는 생각에 덜컥 두려워진 것이다.

"방금 뭔 환영 같은 거 봤지?"

"마, 맞아."

"그거 때문에 형의 마음에 틈이 생긴 거야. 그리고 그 틈으로 덴 호그의 마기가 침투한 거지."

"……."

"그러니까 다들 지금 그 감각을 제대로 기억하고 있어. 지금 여기 있는 사람 정도의 격이라면 환영만 조심해도 마화는 피할 수 있을 테니까."

그 말을 듣고 나자 조금은 안심이 되었다.

테오 사단도 몸을 추슬렀다.

정신을 차리고 돌아본 코넬리오 성은 기괴할 정도로 고요한 곳이었다.

성안을 가득 채우고 있는 민가와 상점가는 텅 비어 있었고, 그 뒤에 있는 병영에도 병사가 보이지 않았다.

끈적한 어둠이 몸에 엉겨 붙는 느낌.

꿀꺽.

테오 사단은 마른침을 삼켰다.

"정 못하겠으면 지금이라도 돌아가."

루크가 그런 그들을 보며 말했다.

"아니!"

그러나 테오 사단은 동시에 고개를 저었다.

"네가 그랬잖아. 환영만 조심하고 있으면 마화에 당하지 않을 거라고."

"그랬지."

"환영의 감각은 확실히 기억하고 있어. 절대 네 발목을 잡을 일은 없을 거야. 그리고 우린 너랑 끝까지 같이 싸우고 싶어."

테오 외에 다른 둘도 주먹을 꽉 쥐었다.

마룡의 힘을 경험했음에도 그 두려움에 물러서지는 않겠다는 의지였다.

루크는 그런 그들을 보며 안심했다.

'이 정도면 맡길 수는 있겠어.'

루크는 그렇게 생각하며 코넬리오 본가 쪽으로 몸을 돌렸다.

"그럼 정신 차리고 출발하자."

여전히 코넬리오 성에는 짙은 어둠이 내려앉아 있었지만, 루크의 주위만큼은 환하게 빛났다.

저게 바로 루크가 가진 힘이리라.

테오 사단은 그런 루크의 뒤를 따랐다.

얼마나 걸었을까.

그들은 마침내 코넬리오 본가 앞에 이르렀다.

워낙 짙은 어둠이 내려앉은 탓에 본가의 전경이 다 드러나지는 않았지만, 그 실루엣만으로도 위엄이 느껴졌다.

"저 안에 마롱이 있다는 건가……."

"그렇겠지."

루크가 한 발자국 더 앞으로 나가더니 테오 사단 쪽으로 고개를 돌렸다.

"이제부터가 진짜야."

"알고 있어."

"여길 들어서는 순간 마기가 우리를 덮칠 거야."

"조금 전 그거랑 비슷하다는 거지?"

"그것보다 더 강렬할 거야. 그래도 괜찮아. 의도한 건 아니지만 나름 조금 전 그 일로 예방접종이 된 것 같으니까."

루크는 테오 사단에게 당부했다.

"마기가 너희들을 휩싸면 끝까지 어둠을 헤치고 빛이 있는 곳으로 향해. 그럼 마룡을 마주할 수 있을 테니까."

"알겠어."

테오 사단은 굳은 표정으로 대답했다.

그들은 절대 같은 실수를 반복하지 않겠노라고 다짐했다.

"그럼 들어간다."

루크가 허공에 벨무스를 휘둘렀다.

서걱!

뭔가 베이는 소리와 함께 공간 자체가 일렁였다.

저곳에 결계가 쳐져 있다는 의미였다.

그 결계가 벌어지며 시커먼 기운이 터져 나왔다.

저게 바로 루크가 말한 마기이리라.

루크는 그 어둠으로 망설임 없이 몸을 던졌다.

"……후!"

테오 사단도 심호흡을 한번 내쉬고는 루크를 따라 들어갔다.

그들의 모습이 사라진 후, 코넬리오 성에는 원래 그랬던 것처럼 침묵 속에 잠겼다.

※

슈욱.

어둠을 가장 먼저 헤치고 나온 건 루크였다.

이건 예상했던 결과였다.

사실 처음 계획을 세울 때부터 마룡을 만나 직접 싸우는 사람은 자신밖에 없었다.

테오 사단의 역할은 마룡의 마기를 분산시키기 위함이었다.

'거짓말을 한 건 미안하지만 그래도 마룡을 만나 내 정체를 말하려면 어쩔 수 없지.'

아무리 가까운 사이라고 해서 모든 비밀을 털어 낼 수 없지 않겠는가.

루크는 복도 안으로 걸어 들어갔다.

저벅저벅.

발소리가 빈 복도를 울려 댔다.

이미 폐허라고 불러도 될 정도로 망가져 버린 코넬리오의 본가.

루크가 한 발을 더 내디디려고 할 때였다.

부르르.

그의 감각이 등줄기를 타고 올라왔다.

루크는 0.1초의 망설임도 없이 전방을 향해 검을 휘둘렀다.

바로 그 직후였다.

슈화아아아아아악!

벽을 뚫고 날아온 검은 마기가 루크를 덮쳤다.

검기와 부딪친 마기는 그 충격만으로도 본가의 절반을 무너뜨리고 말았다.

그리고 그 연기 속에서 새빨간 안광이 비쳐 보였다.

저벅, 저벅.

그 안광의 주인이 조금씩 걸어 나왔다.

"혹시나 했는데 역시였군."

그레이엄의 탈을 뒤집어쓴 덴 호그가 먼지 속에서 모습을 드러냈다.

"정말로 200년 전 루크 슈넬덴이 살아 돌아왔을 줄이야."

루크와 덴 호그가 200년을 지나 재회하는 순간이었다.

"나를 보자마자 바로 알아챈 건가?"

루크는 의외라고 생각했다.

자신이 과거와 같은 이름을 사용하고 있다고는 하지만, 여태 그걸 단번에 알아본 이는 없었으니까.

"내 아이 중 하나가 네놈의 몸에 내 혼을 연결했을 때, 뭔가 이상하다는 걸 눈치챘지."

"젠장, 아리엘이 내 계획을 다 망쳤군. 네놈에겐 내 입으로 직접 말해서 놀라게 해 주고 싶었는데."

"그게 없었더라도 나는 널 직접 만나는 순간 바로 알아봤을 것이다. 너의 그 독특한 기운은 절대 숨길 수 없지."

덴 호그는 입을 쭉 찢으며 말했다.

멀빈의 탈을 쓰고 있었지만, 저 웃음만큼은 저놈의 본체를 보는 것 같았다.

"근데 이건 나도 의외야. 설마 멀빈 그놈의 후손에게 네 영혼이 깃들어 있을 줄이야."

"크흐흐, 우리 사이에는 계약이 있었지."

"계약?"

루크는 인상을 찌푸렸다.

분명 덴 호그는 자신의 손으로 죽였다.

그러고 나서 멀빈이 자신을 죽였다.

그런데 어떻게 둘 사이에 계약이 있었단 말인가.

"멀빈 코넬리오, 그는 네가 생각했던 것보다 훨씬 더 야망가였다. 그리고 인간의 본성에 가까웠고. 그것이 우리의 계약이 이루어지도록 했지."

"무슨 소리인지 자세히 말해."

"크흐흐흐."

덴 호그는 루크가 예상했던 반응을 보이자 더욱 짙은 미소를 지었다.

"좋아, 그날 있었던 이야기를 해 주지. 너 역시도 그 일의 주역이었으니까."

"거짓이든 진실이든 상관없어. 넌 어차피 내 손에 또다시 죽을 거야."

"후후, 넌 이곳까지 오며 피와 마기에 절여 왔지만, 여기서 옛 친우에 대한 분노까지 더해진다면 그야말로 완벽해지겠군."

덴 호그에 있어 완성된 요리 위에 파슬리 가루를 뿌리는 것과 같았다.

요리를 가장 먹음직스럽게 만드는 것이다.

"네가 내 드래곤 하트에 아르티아를 박아 넣고, 그 후에 멀빈이 네 심장에 검을 꽂아 넣은 후의 일이다……."

덴 호그는 200년 전, 마룡의 계곡에서 벌어졌던 일에 대해 입을 열었다.

❧

약 200년 전.

마룡의 계곡.

푸욱.

"이 빚은 내가 저승에 가서 갚겠다. 그러니 지금은 이대로 그냥 죽어 다오, 나를 위해서."

"개……새……."

루크는 말을 마치지 못하고 고개를 떨구었다.

대륙제이검, 아니 이제는 대륙제일검이자 마룡을 처치한 영웅 루크 슈넬덴은 그렇게 죽었다.

"하아, 하아……."

멀빈 코넬리오는 루크가 죽은 후에도 한참을 그대로 있었다.

가장 처음 밀려온 감정은 자괴감이었다.

자신을 추월한 것이 두려워 자신의 가장 친한 벗을 죽여 버린 것에 대한 자괴감.

그러나 그 자괴감을 순식간에 덮어 버린 감정이 있었으니, 그것은 바로 안도감이었다.

영원히 대륙제일검으로서 남을 수 있게 되었다는 안도감.

자신의 대에서 코넬리오가 대륙제일가 자리를 내주지 않게 되었다는 안도감.

그 안도감이 너무 강한 탓에 자괴감은 사라졌다.

"그래, 역사는 살아남은 자의 것이라 했지……."

쑤욱.

그제야 그는 벗의 심장에 꽂힌 검을 뽑아낼 수 있었다.

피와 땀으로 헝클어진 머리를 쓸어 넘겼다.

"크크큭."

그러고 나자 웃음이 새어 나왔다.

그것은 검성이라 추앙받던 멀빈의 웃음이 아니었다.

그저 비겁한 패배자의 웃음일 뿐.

하지만 멀빈은 전혀 개의치 않았다.

"결국 살아남은 자가 누군지 보아라. 바로 나다, 이 코넬리오 가문이다."

테론 대륙의 역사는 이제 멀빈과 코넬리오가의 손에 의해 쓰이게 되리라.

슈넬덴이 코넬리오를 뛰어넘었다는 사실은 루크의 시체와 함께 이 마룡의 계곡 속에 영원히 묻히고 말리라.

그러나 그는 아직 해결하지 못한 문제가 있었다.

"쿨럭, 쿨럭!"

멀빈은 연신 피를 토했다.

순간 그는 중대한 사실을 깨달았다.

앞으로 대륙의 역사를 써 내려갈 주역들에 자신은 낄 수 없다는 것을.

이미 자신의 코어는 되돌릴 수 없을 만큼 붕괴된 상태.

어쩌면 이런 상태로 살아 있다는 것 자체가 놀라운 일이었다.

여태껏 쌓아 온 마나들이 가까스로 몸의 균형을 맞춰 주고 있는 것이다.

하나 이 균형도 머지않아 무너지고 말 터.

그때는 자신도 죽게 되는 것이었다.

'나 멀빈 코넬리오가 이대로 죽어?'

그건 절대 있을 수 없는 일이었다.

자신은 감성으로서, 대륙제일검으로서, 마룡을 베어 버린 영웅으로서 추앙받아야만 했다.

그게 아니라면 제 손으로 가장 친한 벗까지 죽여 가며 경쟁자를 제거한 보람이 없지 않은가.

'어떻게든 살아야 한다. 어떻게든 살아남아야 해.'

그는 필사적으로 자신이 살 방법을 찾았다.

남은 마나를 이용해 붕괴된 코어를 다시 이어 붙이려고
했다.

그러나 번번이 실패로 돌아갔다.

이미 가지고 있는 마나도 부족했을뿐더러, 마나가 가진 힘
자체도 약했다.

"이걸로는 안 돼!"

그의 눈이 루크를 향했다.

아직 죽은 지 얼마 되지 않았기에 루크의 시체에는 마나가
남아 있었다.

저 마나를 이용한다면 코어를 이어 붙일 수도 있지 않을까?

그런 생각이 들었다.

푸확!

멀빈은 망설임 없이 루크의 코어를 후벼 팠다.

코어에서 터져 나온 마나가 멀빈의 손으로 흡수됐다.

그는 그 마나를 이용해 붕괴된 코어를 이어 붙였다.

코어가 점차 형체를 갖추어 가자 멀빈의 표정이 환해졌다.

이미 그의 표정엔 아무런 가책도 보이지 않았다.

그저 자신이 살아남을 수 있다는 사실에 대한 환희만이 느
껴질 뿐.

하지만 그것도 잠시.

"쿨럭, 쿨럭, 쿨럭!"

멀빈은 다시금 피를 토해 냈다.

다시금 형태를 찾아 가던 코어가 파도를 맞은 모래성처럼 와르르 무너졌다.

결국 루크의 마나로도 코어를 이어 붙일 수는 없었던 것이다.

그는 점점 초조해졌다.

'정말 나는 여기서 끝이란 말인가.'

그러고 싶지 않았다.

정점의 자리에서 내려오고 싶지 않았다.

설령 그 자리를 잇는 이가 자신의 자식이라 할지라도!

'무슨 방법이라도 찾아야 한다.'

그는 바닥에 주저앉은 채로 머리를 굴렸다.

그 간절함 덕분이었을까.

한 가지 방법이 그의 머릿속에 떠올랐다.

'마나가 코어를 이어 붙이기에 너무나 약하다면, 그보다 강한 기운으로 이어 붙이면 되는 것 아닌가?'

그의 머릿속에 떠오른 것은 바로 마기였다.

마나보다 훨씬 밀도가 높은 마기라면 충분히 코어를 이어 붙일 수 있으리라.

탐욕에 찌든 그의 시선이 덴 호그의 사체를 찾았다.

하지만 쓰러진 덴 호그에게서는 마기가 느껴지지 않았다.

'그럴 만도 하군. 마룡이 죽어 버렸으니.'

마기는 마룡 덴 호그에게서 비롯된 기운이었다.

그런데 그 주인이 사라져 버렸으니 마기가 이 세상에서 사라지는 것은 당연할 터.

"크으으윽!"

그러는 사이에도 멀빈의 몸속에선 점차 균형이 깨지고 있었다.

서두르지 않는다면 자신 역시도 루크 옆에 고이 눕게 되리라.

'마룡이 없는 게 문제라면, 마룡을 되살리면 되잖아.'

멀빈의 눈에 순간 광기가 돌았다.

그는 자신의 피를 손에 묻히더니 주위에 마법진을 그리기 시작했다.

그 마법진은 언젠가 토벌대를 찾아왔던 주술사가 말해 준 사자 강림의 진.

루크는 그 대가를 듣고는 곧바로 거절했지만, 자신은 혹시 몰라서 그를 따로 불러 강림의 진에 대해 연구하게 했다.

그 덕분에 강림의 진을 어떻게 사용해야 하는지 아주 잘 알고 있었다.

금방 마법진이 그려졌다.

이제 제물만 바친다면 덴 호그의 혼을 살릴 수 있으리라.

'제물이라면 차고 넘치지.'

자신과 루크가 마룡과 싸우고 있는 동안 그 뒤를 막아 주고 있던 토벌대.

검성이라는 명성을 이용한다면 그들 외에도 무한정 제물을 공급할 수 있을 것이다.

하지만 지금은 특히나 시간이 촉박한 상황.

그는 연락 수정구로 토벌군 중 일부를 불렀다.

아직 마룽이 죽은 줄 모르고 있던 토벌대들이 검성의 지원 요청을 듣고는 급히 뛰어왔다.

"괜찮으십니까? 저희들이 도울 일이라도……."

"도울 일이 있지."

푸욱.

멀빈은 그들의 심장에도 검을 꽂았다.

"너희들도 부디 나를 위해 죽어 다오."

멀빈은 그들을 제물로 삼아 강림의 진을 발동했다.

하나같이 수련이 잘된 기사들이었기에 제물로서 충분했다.

우우우웅.

강림의 진이 웅혼한 빛을 내뿜었다.

진에서 뻗어 나온 빛이 멀빈의 주위를 휘감았다.

"아아……."

그는 그 기운을 만끽하듯 양손을 펼쳤다.

콰아아아아!

휘몰아치던 기운이 곧 구체로 변했다.

그리고 그 속에 있던 멀빈은 누군가의 영혼과 연결되는 느낌을 받았다.

[이게 대체…….]

덴 호그의 선명한 목소리가 들렸다.

"강림의 진이 성공한 모양이군."

[넌……? 크하하하하하!]

덴 호그는 이내 웃음을 터뜨렸다.

영혼이 연결된 만큼, 멀빈의 생각을 읽을 수 있었던 것이다.

[그래, 바로 이게 내가 아는 인간이지.]

"닥쳐라. 난 너와 거래를 하려는 게 아니다."

멀빈의 목소리는 매우 차가웠다.

그러나 덴 호그는 이미 그의 마음을 읽고 있었다.

[거래가 아니면 굳이 친우와 부하들을 죽이고 날 불러낸 이유가 있나?]

"난 널 수단으로써 사용하는 것뿐이다. 너와 같은 족속으로 묶지 마."

[크흐흐흐흐흐! 수단이라?]

덴 호그는 뭔가 생각하는 듯 잠깐 뜸을 들였다.

[좋아, 네 붕괴된 코어는 내가 이어 붙여 주지. 그럼 넌 이전과 똑같이 살 수 있을 거야. 어쩌면 이전보다 더 강해질지도 모르고.]

마치 악마가 속삭이듯 목소리를 낮췄다.

"그렇다면 잔말 말고 빨리 이어 붙여라."

[진정해. 아직 내 이야기는 안 끝났으니까.]

덴 호그는 뭐가 그리 재밌는지 계속해서 웃어 댔다.

[내가 사라지면 마기도 사라지는 건 알고 있겠지?]

"물론이다."

[그럼 네 이어 붙인 코어도 다시 붕괴할 거다.]

"그렇다면 널 어떻게 살려 둬야 하지?"

[간단해.]

덴 호그의 영혼이 멀빈에게 더욱 가까워졌다.

[내가 네 코어에 깃드는 것이지.]

"허락하지."

[칫. 저 살겠다고 벗까지 해한 자가 끝까지 고고한 척하는군.]

덴 호그는 더욱 조용하게 속삭였다.

[근데 한 가지 더 고려해야 할 게 있어.]

"뭔가?"

[네가 죽는 그날, 네 코어에 있던 내 혼과 함께 마기가 아주 화려하게 빠져나갈 거야. 그럼 그날 이곳에서 생긴 비밀도 함께 밝혀지겠지.]

멀빈으로서는 절대 받아들일 수 없는 미래였다.

이곳의 비밀은 영원히 마룡의 계곡 속에 묻혀야만 했다.

영원히.

"묻겠다. 그걸 막을 방법이 있나?"

[물론이다.]

덴 호그가 기다렸다는 듯이 말했다.

"말하라."

[내 혼을 다른 이의 코어에 전수하는 것이다. 물론 내 혼을 견딜 만큼 강한 자라면, 코넬리오의 가주 정도밖에 없겠지.]

"……."

멀빈은 미간을 찌푸렸다.

결국 자신의 비밀을 영원히 간직하기 위해 가문 자체를 마룡의 손아귀에 넘기란 의미였다.

그러나 고민은 길지 않았다.

"좋다. 그리하지."

그에겐 가문보다 중요한 것이 자신의 목숨과 명예였으니까.

그는 두 손을 활짝 펼쳤다.

자신을 향해 날아드는 마룡의 혼을 온몸으로 받아들였다.

콰아아아아아아아.

방대한 마기가 멀빈의 몸을 가득 채웠다.

붕괴되었던 코어가 다시 제자리를 찾아 갔다.

그뿐만이 아니었다.

사흘에 걸친 전투로 손상되었던 신체가 말끔하게 회복되었다.

'이것이 마기의 힘이군.'

폭풍처럼 휘몰아치던 마기가 멎었다.

마룡의 계곡에는 다시금 적막이 찾아왔다.

그 중심에 서 있는 멀빈은 가만히 눈을 감고 있었다.

마침내 그의 눈이 떠졌다.

그 동공 깊은 곳에서 마기가 일렁였다.

"ㅋㅎㅎㅎㅎㅎ."

그는 광인처럼 웃기 시작했다.

"대륙의 역사는 내 손에 의해서 쓰이게 될 것이다."

그의 웃음은 마룡의 계곡을 가득 채웠다.

[내게 인간의 욕망만큼 좋은 양분은 없지. 지금 많이 웃어 두거라.]

멀빈의 코어에 깃든 덴 호그 역시도 비슷한 웃음을 지었다.

"……그렇게 멀빈이 죽고 난 계약에 따라 코넬리오 후손들의 코어에 깃들어 있다 이렇게 부활하게 되었지."

"하……."

덴 호그의 이야기를 듣고 나자 이제야 이상했던 지점들이 모두 연결되는 것 같았다.

코넬리오의 비전에 어째서 옛 마룡의 기술을 본떠 만든 것이 전해져 내려온 건지.

어째서 흑성교와 코넬리오가 협력하고 있던 것인지.

그리고 덴 호그가 죽었음에도 여전히 대륙에 마기가 남아 있었던 건지도.

애당초 코넬리오의 핏줄 속에 덴 호그의 혼이 남아 있었던 것이다.

뒤이어 멀빈에 대한 분노가 치밀었다.

'멀빈, 도대체 넌 어디까지 망가진 거냐.'

자신을 배신한 것은 백 번, 천 번 봐줘서 이해는 해 줄 수 있었다.

최강자에 대한 집착으로 인해 벌어진 참사였으니까.

물론 그걸 용서한다는 건 아니었다.

적어도 그 의도를 짐작할 수는 있겠다는 의미.

하지만 덴 호그와 계약을 한 건 어떤가.

그건 만 번을 봐줘도 이해할 수 없는 것이었다.

끝까지 자신들과 함께한 토벌대를 희생시키고 인류의 적인 덴 호그를 부활시켰다?

본인의 대에서야 덴 호그를 통제할 수 있었을지 모르지만, 후손들에게 그럴 힘이 있을 리가 없었다.

그 결과 결국 덴 호그가 이렇게 완전히 강림한 것이 아닌가.

평소 주도면밀했던 멀빈이라면 이다음 일이 이렇게 될 거라는 건 예상했을 것이다.

'그걸 알고도 마룡을 부활시켜? 하찮은 네 목숨 하나를 이어 가고 싶어서?'

아무리 그래도 사람으로서 해야 할 일이 있고 해서는 안 되는 일이 있는 것이다.

으드드득.

루크의 이빨이 갈렸다.

이 사실을 알고 나자 멀빈에게 남아 있던 아주 조금의 존중마저도 깡그리 사라졌다.

과거 자신이 가장 존경했던 멀빈 코넬리오는 고작 비겁한 패배자이자 인류의 배신자였을 뿐이다.

"그래, 내가 원했던 모습이 바로 이거였지."

덴 호그는 그 모습을 보며 웃었다.

루크가 옛 친구에 대한 배신감과 실망감으로 인해 분노하는 모습.

이것이 루크를 가장 먹음직스럽게 만드는 방법이었다.

"네 영혼에 박힌 내 드래곤 하트의 조각이 요동치는 것 같구나."

"오늘 뒤집어질 소식들 많이 듣네. 그건 또 소리야? 내 영혼에 네 조각이 박혀 있다고?"

"그래, 네가 내 드래곤 하트를 꿰뚫어 버린 날, 그 조각 중 일부가 네 영혼으로 흘러 들어갔지."

"날 여기까지 부른 이유가 바로 그거였군."

"네 영혼에 있는 드래곤 하트의 조각을 챙기고 나는 비로소 완벽해지는 것이다."

덴 호그는 커다랗게 웃었다.

이미 다 무너져 버린 코넬리오의 본가, 그리고 그레이엄의 모습을 한 채 웃어 젖히고 있는 덴 호그.

저 장면 지금 이 상황을 잘 요약하고 있는 것 같았다.

"그러니 이제 내놓아라, 나의 조각을."

"아무래도 내가 보기엔 우린 전혀 다른 생각을 하고 온 모양인데."

루크가 이를 꽉 깨물며 말했다.

"난 네 영혼에 박힌 조각을 주러 온 게 아니라 널 죽이러 온 거야, 200년 전처럼."

"크르르르릉…….."

덴 호그의 입에서 드래곤의 소리가 새어 나왔다.

녀석의 본성을 제대로 건드렸단 의미였다.

"네놈이 그렇게 나올 거라는 건 예상했다."

스릉.

덴 호그가 허리 어름에 차고 있던 검을 뽑았다.

"내 본체였다면 검 따위는 필요 없겠지만, 아직 이 몸은 검이 더 익숙하군."

그리고 녀석의 주둥이가 쭉 찢어졌다.

"이 검, 익숙하지 않은가?"

"그게 어디 갔나 했더니 거기 있었군."

덴 호그의 손에 들려 있던 검은 바로 자신의 보검이었던 아르티아였다.

아마 멀빈이 전리품으로 챙긴 것이겠지.

"제 검에 죽는다면 조금은 덜 억울할 테지?"

"상관없어. 나에겐 지금 이 몸으로 선택한 검이 따로 있으니까."

루크는 벨무스를 들어 올렸다.

끝까지 자신의 무덤을 지켜 주었던 친우의 검이자, 자신이 새롭게 태어나게 한 검.

어쩌면 이번 생의 루크에겐 아르티아가 아니라 벨무스가 더 맞을지도 몰랐다.

우우웅.

벨무스가 자신의 존재감을 드러내듯 울부짖었다.

전혀 동요하지 않은 루크가 마음에 들지 않았던 것일까.

덴 호그의 안광이 일렁거렸다.

"이 검으로 직접 너를 취해 주마."

덴 호그가 검을 그었다.

기이잉.

그 순간 세계가 멈췄다.

마법이 아니었다.

녀석이 검이 만들어 낸 압력이 주변의 시공간마저 비틀어 버린 것이지.

괜히 덴 호그를 차원의 법칙마저 뒤틀어 버릴 정도로 위험한 존재라고 부르는 것이 아니었다.

심지어 그의 공격은 거기서 끝이 아니었다.

콰아아아아아아.

아르티아의 주위로 새카만 마기가 줄기줄기 뻗어 나왔다.

마기의 줄기가 순식간에 루크의 주위를 휘감았다.

시간이 멈추어 버린 세계 속에서 마기의 폭풍만이 휘몰아 치고 있었다.

권속들이 사용하던 마기가 육신의 생기만을 가져갔다면, 덴 호그가 직접 뿌린 마기는 육신의 차원을 뛰어넘어 영혼의 생기마저도 취해 버린다.

설령 불멸의 육신을 가진 황탑주라 할지라도 저 안에서 살 아남을 수 없으리라.

'이런 것 때문에 나도 원래의 힘을 되찾으려고 그렇게 용 을 썼던 거고.'

지금의 루크에겐 이 마기를 견뎌 낼 힘이 있었다.

마기의 폭풍 속에서 벨무스가 빛났다.

파캉.

마기의 폭풍에 금이 갔다.

쩌어엉!

커다란 소리와 함께 마기가 갈라졌다.

그와 동시에 루크 주변의 시간이 원래대로 흐르기 시작 했다.

시공간을 비틀었던 압력을 걷어 내 버린 것이다.

"고작 이따위 걸로 내 영혼을 어쩌고 했던 건 아니겠지?"

"인간의 몸으로 이런 힘을 내다니, 너 역시 예전의 힘을 모두 되찾았나 보군."

덴 호그에겐 여전히 여유가 넘쳤다.

"너라면 분명 이 장막을 걷어 낼 줄 알았다."

쿠와아아악!

아르티아에 새카만 불꽃이 일었다.

루크는 그 기술이 무엇인지 바로 알아보았다.

천수홍염검.

멀빈이 직접 창안했다던 코넬리오의 비전.

일전에 만국연회 때 코넬리오의 후손이 사용하는 걸 본 적
이 있었다.

하지만 저걸 그때 그것과 똑같은 것이라고 볼 수 있을까?

그런 생각이 들 정도로 차원이 다른 기운이 느껴졌다.

그럴 만도 했다.

이 비전은 원래 마나가 아니라 덴 호그의 마기를 표출하기
위해 만들어 낸 비전이었으니까.

콰아아아아아아!

지옥불을 연상케 하는 검은 불꽃이 루크를 향해 쏟아졌다.

그 불꽃 속에는 덴 호그가 내지른 검이 숨겨져 있었다.

지면을 뚫고 맨틀에라도 닿으려는 기세로 루크를 향해 떨
어진 아르티아.

루크의 발이 땅으로 박혀 들어갔다.

하지만 거기까지가 전부였다.

루크가 펼친 검막이 그 검격을 막아 냈기 때문이다.

"이걸로도 안 되겠는데?"

루크가 미소를 지었다.

"쯧."

덴 호그는 짜증스럽게 혀를 찼다.

이걸로 끝을 내는 건 아니더라도 최소한 피해는 줄 거라고 생각했는데, 상대는 조금도 동요하지 않았기 때문이다.

"그리고 나도 계속 공격을 받아 주고만 있을 생각은 없어."

사락.

루크의 주위로 눈송이가 흩날렸다.

그걸 본 덴 호그의 표정은 더욱 굳어졌다.

과거 자신의 목숨을 앗아 갔던 그 눈송이를 직접 눈앞에서 목격하니 화가 치밀었다.

쏴아아아ー!

눈보라가 덴 호그를 향해 휘몰아쳤다.

"흥, 이깟 눈송이 따위!"

덴 호그는 자신의 앞에 존재하던 공간을 베어 버렸다.

눈송이는 그 공간과 함께 사라져 버렸다.

방금 건 막혔다는 표현이 아니라 소멸했단 표현이 더 적합하리라.

그러나 루크는 조금도 놀라지 않은 채 다음 동작으로 이어 갔다.

'저놈보다 내가 먼저 초식을 완성해야 한다.'

슈넬덴의 비전은 모두 하나로 이어진다.

지금껏 다른 적들을 상대할 때는 그 구간을 일부 생략해도 상관없었지만, 덴 호그를 상대하기 위해서는 어느 것 하나라도 빠뜨릴 수 없었다.

모든 비전이 연결되어 하나의 비전으로 완성될 때, 비로소 덴 호그의 드래곤 하트를 깨뜨렸던 그 12식을 사용할 수 있으리라.

쏴아아아–!

더욱 거세진 눈보라 속에서 날카로운 칼날이 덴 호그의 옆구리를 향해 날아갔다.

눈보라에 정신이 팔렸다면 뭔가를 인식하기도 전에 베여 버렸을 기습이었다.

그러나 덴 호그의 손은 이미 움직이고 있었다.

그가 검을 위로 들어 올렸다.

콰카카캉!

그러자 지상에 있는 것들이 모두 공중으로 치솟았다.

중력을 거스를 정도의 충격파.

루크의 검은 그것마저 이겨 내고 나아갔지만, 이미 반감되어 버린 힘으로 덴 호그를 꿰뚫을 순 없었다.

까드드득.

아르티아와 벨무스가 교차한 채로 스파크를 뿜어 댔다.

언뜻 보면 서로 아무런 무기가 없는 상태처럼 보였다.

그러나 덴 호그에겐 다른 무기가 있었다.

주위에 흩뿌려 놓았던 마기가 덴 호그의 손짓에 따라 움직였다.

좌아악.

날카롭게 벼려진 마기가 향한 곳은 루크의 왼쪽 눈이었다.

"칫."

평소 같았으면 이건 왼손에 숨겨 둔 화기로 막아 낼 수 있었을 것이다.

그러나 덴 호그의 마기에 왼손을 뻗었다간 그 왼손마저 잘려 나갈 터.

루크는 그 대신 다른 방법을 택했다.

우우우웅!

콰아아아아아아앙!

한기가 가득 들어찬 벨무스에 화기를 억지로 밀어 넣었다.

두 기운의 충돌로 폭발이 일어났다.

사방으로 비산하는 검기.

루크는 그 검기를 조정해 쇄도하는 마기를 막아 냈다.

그뿐만이 아니었다.

남은 검기를 이용해 덴 호그의 본체까지도 노렸다.

"헛?"

덴 호그는 눈을 번쩍 뜨며 뒤로 뛰어올랐다.

저토록 많은 검기 조각을 조절하는 것도 모자라, 그 하나하나에 이리 강한 힘을 불어 넣었을 줄이야.

새삼 저 녀석이 어째서 설풍검제라고 불렸는지 와닿았다.

녀석이 흩날리는 눈송이는 자신의 비늘마저도 베어 버리지 않았던가.

"하나 이곳은 나의 둥지라는 걸 잊지 말라!"

쿵!

그가 진각을 밟았다.

발끝을 통해 지면으로 마기가 전달되었다.

그러자 그 밑에 숨겨져 있던 마법진이 발동되었다.

마법진의 각 축에는 촛불이 놓여 있었다.

권속의 이름이 새겨진 촛불.

그것은 그저 권속들의 생존을 추적하는 용도가 아니었다.

그들의 혼을 이곳으로 불러들이기 위함이었지.

우우우우우웅–!

각 축에 놓여있던 혼들이 공명하며 마기를 증폭시켰다.

"크윽!"

마법진에서 쏟아져 나온 마기가 루크를 덮쳤다.

루크는 검기를 흩뿌려 마기를 버텨 보려고 했으나, 워낙 많은 양의 마기가 덮쳐드는 바람에 결국 무릎을 굽힐 수밖에 없었다.

"그때처럼 그냥 힘으로만 치고받을 줄 알았는데 꽤 재밌는 걸 준비해 뒀군."

"200년 동안 인간의 몸에 붙어 있다 보니, 너희들의 간악함이 내게도 배인 것이지."

쿠쿠쿵!

루크는 어떻게든 압력을 버티고 있었지만, 안타깝게도 루크가 발을 딛고 있던 지면에는 그 정도의 힘이 없었다.

지면이 내려앉으며 덩달아 루크의 자세도 무너졌다.

"크흐흐흐흐! 네 혼은 어둠 속에서 영원한 안식을 취하리라."

마룡의 선고와도 같은 목소리가 들려왔다.

그와 함께 마법진은 폭주하듯 마기를 내뿜었다.

권속들이 자신의 혼을 불사르고 있는 것이다.

결국 마기가 루크를 완전히 뒤덮었다.

아니, 뒤덮은 줄 알았다.

"안타깝게도 200년 전과 달라진 건 너뿐만이 아니지."

마기 속에서 루크의 목소리가 들려왔다.

우웅.

그와 동시에 권속들의 공명과는 또 다른 공명음이 울려 퍼졌다.

보다 더 맑고 청아한 공명음.

콰아아아앙-!

그리고 루크를 뒤덮었던 마기 속에서 새하얀 빛이 터져 나왔다.

덴 호그가 그 변화를 채 인식하기도 전에 마기 속에서 한 줄기 섬전이 쏘아졌다.

촤아아악-!

덴 호그가 몸을 움직였을 때는 이미 섬전이 그의 목을 베고 지나간 후였다.

사락.

그리고 섬전을 따라 뒤늦게 눈송이가 내려앉았다.

Chapter 4

슈우우웅—!

콰앙!

마룡의 몸은 뒤로 쏟아지듯 튕겨 나갔다.

건물의 잔해 몇 개를 때려 부수고 나서야 그의 몸이 멈추었다.

그러나 그 정도로 강력한 충격에도 불구하고 그의 머리는 베이지 않았다.

까드득.

그의 목에서는 까만 비늘이 우수수 떨어질 뿐.

"흠."

덴 호그는 무의식적으로 자신의 목을 더듬었다.

본체의 비늘이 돋아나는 게 조금이라도 늦었다면, 정말 목이 잘려 버렸을 수도 있었다.

주륵.

비늘이 떨어져 나간 자리에서 피가 흘러내렸다.

마룡의 비늘은 지상에 존재하는 그 어떤 금속보다도 단단했다.

그런 비늘로 감쌌음에도 이렇게 상처가 생기다니.

그만큼 조금 전 일격이 강력하다는 의미였다.

하지만 분명한 건 저 일격으로 인해 자신은 어떠한 치명상도 입지 않았다는 것이었다.

"나름 좋은 일격이었으나 한발 늦었구나."

덴 호그가 싸늘하게 웃었다.

아무리 루크라도 덮쳐드는 마기 틈에서 이 정도 공격을 아무 대가 없이 할 수는 없었다.

공격을 하는 순간 마기도 그 틈을 노리지 않을 테니까.

추욱.

그의 예상대로 루크의 왼쪽 손이 아래로 축 처졌다.

왼쪽 손은 거렇게 죽어 있었다.

마기에 당했다는 명백한 증거.

'한데 어째서 웃고 있는 거지?'

루크의 입가엔 자신보다 더 싸늘한 미소가 그려졌다.

"그 선 조심해. 내가 화를 다 풀 만큼 패 주기도 전에 네가 먼저 조각나 버리면 곤란하니까."

"선?"

덴 호그는 비로소 자신의 몸 주위에 펼쳐진 선이 보였다.

그건 눈에 꽤나 익은 것이었다.

200년 전 설풍검제가 자신에게 사용했던 기술이었으니까.

'설풍검이었나?'

다만 다른 점이 있다면 지금 펼쳐진 이 선들은 과거의 그 것보다 훨씬 더 날카로워 보인다는 것이다.

덴 호그는 그제야 깨달았다.

조금 전 루크의 검격은 애당초 자신의 목을 베는 게 아니 라, 이 그물을 펼치기 위함이었다는 것을.

설풍검 5식 단설의 칼날 변초.

천라지망.

루크의 미소가 더욱 차가워졌다.

"물고기를 그물에 담았으니까 이제부터 회를 떠 줘야지."

파앗!

루크의 몸이 공기를 찢고 날아가더니 한 줄기 섬광으로 화 했다.

섬광의 끝부분이 세 갈래로 갈라지더니 그 하나하나가 늑 대의 머리로 변했다.

천절백아검 변초.

지옥문의 늑대.

크아아아아아아앙!

세 개의 늑대 머리가 일제히 덴 호그를 덮쳤다.

덴 호그는 천라지망에 의해 행동반경이 제한된 상황.

세 방향에서 달려드는 늑대의 머리를 막아 내기란 불가능해 보였다.

분명 그래 보였으나…….

"재밌는 짓거리를 하는군!"

덴 호그는 오히려 늑대의 머리를 향해 몸을 던졌다.

그러고는 그 늑대의 머리 사이를 유려하게 지나가 버렸다.

마치 유령이 벽을 통과하듯이.

"역시 성가신 놈이야."

루크가 눈살을 찌푸렸다.

사실 저건 지나간 게 아니었다.

주변에 펼쳐진 천라지망을 피하면서 동시에 지옥문의 늑대까지도 모두 피해 버린 것이다.

그 일련의 회피 동작이 너무나 빠르다 보니 그냥 지나친 것으로 보였을 뿐.

저런 괴물이었으니 역사상 최고의 기사라 불리던 루크와 멀빈이 3일 내내 협공을 해서 겨우 처치할 수 있었던 것 아니겠는가.

그마저도 루크가 마지막에 코어 분열을 깨닫지 못했다면, 승리하지 못했을지도 모른다.

적은 그만큼이나 강한 존재였다.

'그러니 더욱 몰아붙여야 해.'

루크의 공격은 잠깐도 쉴 틈을 주지 않고 몰아쳤다.

한백검 변초.

한검파천.

얼어붙은 벨무스가 덴 호그의 어깨 위로 떨어졌다.

카앙!

덴 호그가 아르티아를 들어 올려 막아 냈으나, 그 순간 그의 다리로 날카로운 얼음송곳이 뻗어 나왔다.

빙설검 변초.

강설지추.

덴 호그가 급히 비늘을 둘렀지만, 떨어지는 얼음송곳이 더빨랐다.

푸확.

"큭!"

덴 호그에게 처음으로 정타가 먹히는 순간이었다.

그뿐만이 아니었다.

균형이 흐트러진 그는 천라지망에 베여 버렸다.

'아직이야.'

루크는 이 정도로는 덴 호그를 벨 수 없다는 걸 잘 알고 있었다.

슈넬덴의 모든 비전들이 차례차례 수놓였다.

월빙검 변초.

달빛 아래 그림자.

벨무스의 끝이 요사스럽게 흔들렸다.

그 궤적을 따라 수십 개의 검영이 나타났다.

그 검영이 일순간 사라지더니 덴 호그의 주변에서 나타났다.

아무리 덴 호그가 빠른 움직임을 가지고 있다고 하더라도 지척에서 동시에 달려드는 검영을 모두 피할 수는 없었다.

"크아아앙!"

덴 호그가 거칠게 포효했다.

"이까짓 걸로 날 어찌할 수 있다고 생각하는 것이냐?"

그의 목소리는 여전히 천지를 쩌렁쩌렁하게 울렸다.

그 분노를 형상화한 마기가 덴 호그의 주위로 몰아치기 시작했다.

척 보기에도 범상치 않아 보이는 기세.

그러나 루크는 얼음장 같은 목소리로 말했다.

"누가 이게 끝이라고 했지?"

"뭣이?"

"아직 슈넬덴의 비전은 한참 남았어."

우웅.

코어가 힘차게 공명하며 마나가 계속해서 움직였다.

한랭빙류검 변초.

설화백경.

샤아아악-!

루크의 주위로 한기가 퍼져 나갔다.

그 한기에 공기 중의 수증기가 얼어붙었다.

덴 호그의 주위로 하나의 티끌도 없이 매끄러운 얼음벽 수천 개가 만들어졌다.

그 속에 있던 덴 호그는 마치 거울의 방에 갇힌 것만 같았다.

"이 쥐새끼 같은 놈!"

휘몰아치던 마기가 덴 호그의 손끝으로 모였다.

그 주위의 세상이 빛을 잃어 갔다.

마기가 세상의 존재 그 자체를 앗아 가고 있는 것이다.

덴 호그는 루크를 향해 그 마탄을 쏘았다.

위우우우웅.

하지만 마탄은 루크에게 닿기도 전에 거울에 반사되어 되돌아갔다.

대여섯 개의 거울이 깨졌지만 그쯤이야 금방 다시 만들어 낼 수 있었다.

"이제부터가 본격적으로 시작이다."

스르륵.

루크가 거울 속으로 몸을 감췄다.

덴 호그는 급히 주위를 두리번거렸다.

거울 속에는 온통 루크가 비쳤다.

어느 쪽이 진짜인지 어느 쪽이 거울에 비친 루크인지 알아볼 수가 없었다.

철컥.

거울 속 루크들이 일제히 자세를 잡았다.

그걸 본 덴 호그의 동공이 처음으로 흔들렸다.

이제 본격적인 공세의 시작이라는 걸 깨달았기 때문.

저건 바로 설풍검을 준비하는 자세였다.

설풍검 1식 혹한의 일섬.

거울에 비친 수천 개의 일섬이 덴 호그를 향해 쏟아졌다.

사라락.

이어서 숫자를 셀 수조차 없을 정도로 많은 눈송이가 불어닥쳤다.

눈송이가 일제히 떨어지더니 눈꽃이 만개하고, 눈사태가 일어났다.

설풍검의 모든 초식이 덴 호그를 향해 쏟아지는 것이다.

"크아아아아앙!"

그 중심에 선 덴 호그의 몸에는 수많은 상처들이 생겨났다.

그의 몸에서 흘러내린 피가 작은 웅덩이를 만들어 낼 정도였다.

털썩.

마침내 덴 호그가 피 웅덩이 위에 무릎을 꿇었다.

"후우."

루크는 호흡을 가다듬으며 덴 호그를 보았다.

하지만 그의 얼굴에선 덴 호그를 쓰러뜨렸다는 환희는 찾아볼 수 없었다.

'코어의 공명까지 써서 위력을 올린 거라 내심 기대했는데…….'

루크는 시체와도 다름없는 덴 호그를 보았다.

200년 전 전투 당시 만 하루 만에 저 모습을 본 적이 있었다.

그땐 덴 호그를 완전히 쓰러뜨린 줄 알았다.

하지만 이제는 알고 있다.

저게 덴 호그의 본모습을 꺼내는 신호라는 것을.

저것마저 쓰러뜨린 후에야 비로소 마룡을 완전히 쓰러뜨리는 것이리라.

루크는 숨을 완전히 고른 채 준비 자세를 취했다.

"정말 놀랍군."

아니나 다를까, 덴 호그가 몸을 일으켰다.

여전히 상처로 엉망이었지만, 이제 그에겐 저 육체의 상태가 그리 중요하지 않을 것이다.

"그때도 인간이라고는 믿을 수 없을 만큼 강했는데, 지금은 그때에 비해서 더 강해지다니."

그의 세로 눈이 더욱 검게 물들었다.

그의 입이 점점 찢어졌다.

"그땐 너희 둘이서 만들어 낸 결과였지만, 이번엔 혼자서도 날 이렇게까지 밀어붙였구나. 그 힘은 인정해 주지. 하지만!"

덴 호그가 자신의 본 모습을 드러내기 시작한 것이다.

쿠구구구구구구구.

차원 전체가 떨리기 시작했다.

한 차원조차 그의 영압을 견디지 못하는 것이다.

마룡이 인간의 탈을 벗어 던지고 원래 모습을 갖추었다.

세상에 존재하는 모든 것을 집어삼켰던 200년 전의 그 모습으로.

쩌저저저저적.

거대해지는 그의 육신을 천라지망이 옭아매려고 했다.

그러나 마룡의 본체 앞에선 한낱 머리카락도 되지 않았다.

[크워어어어어어어!]

마룡이 포효했다.

투두두둑.

루크가 펼쳐 놓았던 천라지망이 맥없이 뜯겨 나갔다.

어떠한 신체적 접촉도 없었다.

오로지 그의 음성만으로 강철마저 베어 버리는 그물을 끊어 버린 것이다.

자신을 옭아매던 망으로부터 자유로워진 덴 호그.

그의 시선이 루크를 향했다.

휘이잉.

거대한 꼬리가 소리마저 능가할 정도로 **빠른** 속도로 루크에게 날아왔다.

콰앙!

충격음이 들렸을 때는 이미 루크가 뒤로 튕겨 나간 후였다.

"큭, 저 꼬리는 여전하네."

가까스로 검을 들어 막지 못했더라면 자신의 몸은 이미 상체와 하체로 갈라졌으리라.

하지만 재회의 감상을 느끼고 있을 여유도 없었다.

덴 호그의 몸에서 **뿜어져** 나온 마기가 꼬리보다 더 **빠른** 속도로 루크에게 날아오고 있었으니까.

루크는 재빨리 마기를 피함과 동시에 덴 호그를 향해 쇄도했다.

저 괴물을 쓰러뜨리기 위해서는 어떻게든 계속해서 공격을 이어 가는 수밖에 없었다.

파아아아아아앗!

루크의 몸이 한 줄기 유성이 되어 덴 호그를 향해 쏘아졌다.

아리엘의 흑요석마저 꿰뚫었던 비전.

설풍검 11식 설한의 유성.

그러나 그 비전마저도 마룡의 비늘을 완전히 꿰뚫는 데는
실패했다.

후두둑.

피가 날 정도의 상처를 남긴 것이 전부였을 뿐.

오히려 이렇게 가까이 다가온 탓에 녀석의 사정권 안에 들
어가게 되었다.

콰아앙!

덴 호그의 앞발이 루크를 후려쳤다.

루크는 포탄처럼 옆으로 튕겨 나갔다.

검으로 막은 탓에 상처는 없었지만, 검을 쥐고 있던 손아
귀가 터져버릴 정도로 강력한 한 방이었다.

덴 호그가 루크를 향해 크게 날갯짓을 했다.

푸화아아아악-!

루크에게 태풍이 불어닥쳤다.

몸을 가누기조차 어려운 풍속이었다.

이미 본가의 건물은 다 뜯겨 나가 버린 지 오래.

"끄윽!"

루크는 지면을 단단히 딛고 균형을 잡으려고 했다.

그러나 지면이 통째로 뜯겨 나가는 바람에 함께 날아갈 수
밖에 없었다.

쩌억.

덴 호그가 루크를 향해 아가리를 벌렸다.

그 주위로 마나가 요동치기 시작했다.

저놈이 무슨 짓을 하려는 지는 뻔했다.

그 어떤 물질이라도 스치기만 하면 녹여 버리는 브레스가 뿜어져 나오리라.

반면 루크는 공중에 떠 있는 상황이었다.

그렇다고 다른 기술과 달리 저 브레스는 막는 것 자체가 불가능했다.

검기를 흩뿌린다고 해도, 그 검기조차 순식간에 녹여 버릴 테니까.

그야말로 절체절명의 순간.

그리고 마룡은 자신의 승리를 확신하고 있을 것이다.

'만약 그렇게 생각했다면⋯⋯.'

루크의 입에 옅은 미소가 그려졌다.

'내가 원하던 바야.'

휘우우우우웅―!

루크의 주위로 눈보라가 불기 시작했다.

그걸 본 덴 호그의 눈이 그 어느 때보다도 크게 떨렸다.

저 마나의 흐름은 잊으려야 잊을 수가 없었기 때문이다.

"슈넬덴의 모든 비전은 연결되어 있지. 그리고 지금 이건 그 이어지는 흐름의 종지부다."

사락.

눈송이가 벨무스 위에 내려앉는 순간.

타아아앗!

루크에서부터 덴 호그에게까지 한줄기 선이 그어졌다.

"설풍검 12식. 겨울의 끝."

루크의 목소리가 나지막이 울려 퍼졌다.

화아아악.

마룡의 가슴에서 눈송이가 흐드러지게 피어났다.

마치 겨울의 끝을 화려하게 장식하기라도 하려는 것처럼.

[어떻게…….]

덴 호그는 믿을 수 없다는 듯 그 눈송이를 바라보았다.

루크가 설풍검 12식을 남겨 두고 있다는 것은 알고 있었다.

그리고 그 열두 번째 눈송이가 위험할 수도 있다는 것 역시도 알았다.

그렇기에 더더욱 이번 공격으로 끝내려고 한 것이다.

아무리 저놈이 자신에게 필적할 힘을 가지고 있다지만, 그래봐야 육체는 한낱 인간의 것일 뿐.

인간이란 테론 대륙의 종족들 중에서 가장 많은 제약을 가진 존재가 아니던가.

녀석은 공중에 떠 있었다.

날개가 없는 인간인 탓에 그 상태에서 방향을 바꿀 방법은 없었다.

여기서 루크에게 브레스를 쏴 버린다면, 비로소 녀석에게

200년 묵은 복수를 해 줄 수 있으리라.

덴 호그는 그렇게 생각했다.

하지만 루크는 그 상황에서 설풍검의 마지막 눈송이를 피워 냈다.

[분명 발 디딜 곳도 없었을 텐데…….]

그 순간 덴 호그의 눈이 루크가 날아온 지점을 향했다.

파사삭.

그곳에는 흩날리고 있는 눈송이가 보였다.

루크는 제 발밑에 눈송이를 흩뿌리고 그것을 발판 삼은 것이다.

자칫하며 날카로운 검기에 자신의 발이 잘려 버릴지도 몰랐을 텐데도.

그리고 결과는 보다시피 대성공이었다.

"설마 평범한 방법으로 널 이길 수 있을 거라 생각하진 않았거든."

[또 그건가? 너희 가문의…….]

"맞아. 평범해서는 벽을 뛰어넘을 수 없으니까."

루크가 힘겹게 미소를 지었다.

"결국 마지막 순간에 내 힘을 완전히 되찾았네."

워낙 많은 마나를 꺼내 쓴 탓에 당장이라도 쓰러질 것 같았지만, 아직 '겨울의 끝'은 완성되지 않았다.

"다시 저승으로 돌아가라. 그리고 다시는 보지 말자, 덴 호그."

[이, 이렇게, 끝날 수는……!]

철컥.

루크는 벨무스를 빙글 돌렸다.

쨍그랑!

덴 호그의 가슴팍에 흐드러지게 피어났던 눈송이가 깨졌다.

푸화아아아악!

드래곤 하트에서 검은색 피가 터져 나왔다.

[이럴 수는 없다. 나 덴 호그가 인간 따위에게 두 번이나……!]

그러나 그의 목소리는 결국 끝까지 이어지지 못했다.

쿵!

가까스로 버티고 있던 덴 호그의 몸이 지면으로 무너졌다.

덩달아 차원을 짓누르던 그의 존재감도 사라졌다.

루크도 여태껏 참고 있었던 숨이 트였다.

"후하!"

동시에 입가에서 피도 흘러넘쳤다.

코어와 회로, 근육, 장기 할 것 없이 몸 곳곳이 손상되면서 그 여파가 이렇게 나오는 것이다.

어찌 보면 이런 상태가 되는 게 당연했다.

덴 호그로 인해 높아진 압력으로부터 몸을 보호하기 위해 일부 힘이라도 상시 유지하고 있어야 했는데, 완벽한 설풍검

을 위해 보호를 위한 마나까지 전부 슈넬덴의 비전을 펼치는
데 쏟아부었지 않던가.

그것도 전부 위력을 극대화한 변초로 말이다.

무엇보다 설풍검의 마지막 눈송이는 혼신의 힘을 다해야
겨우 피워낼 수 있는 것이었다.

'그래도 이번엔 나 혼자서 덴 호그를 이겼어.'

이 전투를 시작하기 전까지만 해도 일말의 의심이 남아 있
었다.

200년 전의 승리 때는 그의 옆에 멀빈이 있었으니까.

멀빈이 사전에 덴 호그의 주의를 끌어 주고 힘도 많이 빼
준 덕분에 자신이 12식을 준비할 시간이 있었다.

그러나 이번에는 그의 도움 없이 혼자서 싸워야만 하니 의
심이 남아 있을 수밖에.

하지만 결국 해냈다.

이게 과거와 달리 다 처음부터 공들여 쌓아 온 순수한 마
나, 그리고 그 마나를 최대치로 활용할 수 있는 코어 분열 덕
분이었다.

200년 전의 깨달음과 이를 바탕으로 한 수련이 결코 헛되
이 되지 않았다니.

'아, 그러고 보니까 온전히 나 혼자서 이긴 건 아니었지?'

이번 대결 동안 보이지 않은 곳에서도 자신을 도와준 이들
이 있었으니까.

만약 테오 사단이 덴 호그의 마기를 붙잡아 주지 않았더라면, 12식을 완성하기도 전에 마룡에게 당했을지도 몰랐다.

아무리 그래도 덴 호그의 마기를 이토록 오래 버티다니.

그동안 열심히 수련시킨 보람이 느껴졌다.

이제 그들과 함께 이 기쁨을 나누리라.

루크는 곧장 테오 사단을 찾았다.

"어?"

그러던 루크가 고개를 갸웃했다.

아직도 테오 사단을 집어삼킨 마기의 구체가 남아 있었기 때문이다.

마기란 덴 호그로부터 비롯된 기운.

그가 죽어 버린 지금, 더 이상 마기는 존재할 수 없었다.

'왜 아직도 마기가 남아 있는 거지?'

루크는 깜짝 놀라 덴 호그를 보았다.

분명 덴 호그의 숨통은 완전히 끊겼다.

이미 한 번 죽여 본 적이 있었기에 더욱 확신할 수 있었다.

'그러면 대체……?'

그때 무너졌던 본가의 잔해 더미가 들썩거렸다.

파아앗!

잔해 더미에서 검은색 빛줄기가 뻗어 나오더니, 덴 호그의 사체를 향해 날아갔다.

마치 무엇인가 덴 호그와 연결된 것 같은 모습.

루크는 그 빛줄기를 향해 검기를 날렸다.

이게 지금 무슨 상황인지는 몰라도 일단 심상치 않다는 것만은 확실했으니까.

"젠장."

하지만 검기에 맞은 빛줄기는 일렁이기만 할 뿐이었다.

들썩, 들썩.

검은색 빛줄기가 시작되었던 잔해 더미가 더욱 크게 들썩였다.

마침내 그곳에서 무엇인가 일어났다.

루크는 홀린 듯 그곳을 보았다.

"너는……."

그는 그레이엄 코넬리오였다.

덴 호그의 본체가 빠져나가고 껍데기만 남아 버린 그레이엄의 육체.

그 육체가 스스로 움직이고 있는 것이다.

욱신.

그런 그를 본 루크는 심장이 덜컹 내려앉는 것 같은 느낌을 받았다.

시체가 다시 살아나 움직이는 것 때문에?

아니, 그런 건 이미 질리도록 많이 봐 왔던 것들이다.

그럼에도 이런 느낌이 드는 이유는 그레이엄의 시체가 풍기는 분위기 때문이었다.

그러나 그 분위기라는 게 정확히 무엇인지는 알 수 없었다.

생각이 날 듯 말 듯 하며 뇌를 간질이는 것 같은 기분이었다.

혹시 마나를 너무 많이 쓴 탓에 생각이 제대로 되지 않는 건 아닐까.

"스읍, 후……."

루크는 호흡을 가다듬으며 그 시체를 똑바로 바라보았다.

저건 그레이엄이 아니었다.

아주 잠깐 덴 호그의 조각이 그레이엄의 육체에 남은 건 아닐까 하고 생각했다.

그러나 자세히 보면 볼수록 덴 호그의 존재감과는 달랐다.

결국 답을 얻지 못한 루크는 그에게 직접 물었다.

"넌 누구지?"

루크의 대답에 시체가 고개를 들었다.

그의 눈에서는 끝을 알 수 없는 심연이 비쳐 보였다.

"아아……."

그는 안타깝다는 듯 탄식했다.

"나를 못 알아볼 줄이야. 이건 퍽 아쉽군."

"……."

루크는 그 자리에서 굳어 버렸다.

저 목소리, 저 말투, 그리고 저 표정까지.

그에게 너무나도 익숙했기 때문이다.

그토록 동경했고, 또 그 이상으로 증오했던 놈의 것이었다.

"나의 오랜 벗이여, 너와 내가 이렇게 재회하게 될 줄은 몰랐다."

이로써 일말의 의심까지도 사라졌다.

확실했다, 지금 그레이엄의 몸속에 있는 저놈은 바로 멀빈 코넬리오였다.

"지금 네 새끼 주둥이에서 벗이란 소리가 나오냐?"

루크의 눈빛은 지옥 불보다 뜨겁게 타올랐다.

쿠구구구.

주변의 공기가 떨려 왔다.

대지가 무너지기라도 할 것처럼 울부짖었다.

분노, 증오, 배신감…….

그 목소리에 온갖 감정들이 뒤섞여 꿈틀거렸다.

"그 저속한 말투는 200년이 지나도 고쳐지지 않나 보군."

"닥쳐라."

"네 감정은 모르는 바가 아니나, 오랜만의 재회를 분노로 시작하는 건 아쉽잖아?"

멀빈은 진심으로 안타깝다는 듯이 말했다.

그것이 루크를 더욱 분노하게 했다.

"날 배신했을 뿐만 아니라 마룡과 거래까지 한 버러지 새끼를 만났는데 화가 안 나게 생겼냐?"

"흠, 거래라……."

멀빈이 고개를 끄덕였다.

"이미 마롱에게 모든 것을 들은 모양이군."

"아, 그래. 네가 비굴하게 그놈에게 머리를 조아리고 목숨을 구걸한 이야기까지 아주 싹 다 들었지."

"널 배신한 것은 미안하게 생각하지만, 내가 마롱에게 고개를 숙였다는 말은 전혀 동의할 수 없군. 나는 그저 마롱을 이용했을 뿐이다."

한 치의 흔들림도 없는 저 당당함.

너무나도 멀빈다운 대답이었다.

"마롱이 사라진 후에도 대륙에는 여전히 갈등의 여지는 남아 있었다. 덴 호그라는 공공의 적이 연합군이 분열될 가능성도 있었고. 그리고 남은 마물들이 날뛸 가능성도 있었지."

"……."

"만약 너로 모자라 나까지 죽었다면 인류가 스스로를 보호할 수 있었을 것 같나?"

"그게 날 죽인 놈이 할 소리냐?"

루크는 분노를 꾹꾹 눌러 담아 말했다.

"그래, 나는 두려움에 널 죽였다. 그렇기에 나는 네 몫까지 책임을 져야 했던 것이다. 인류를 지킬 책임을 말이야."

"그래서 마롱에게 목숨을 구걸한 거다?"

"아니, 마롱을 그 수단으로써 이용했지. 놈에게 나와 내 후손들의 코어를 내주는 조건으로."

루크는 말문이 막혔다.

저 구차한 변명에 할 말도 없었기 때문이다.

아니, 차라리 잘됐다.

과거 멀빈을 동경했던 그 한 방울의 추억마저도 깡그리 없애 주었으니까.

"그래서 너 하나 살겠다고 네 후손들의 코어에 마룡을 박아 넣은 거냐?"

"루크, 넌 여전히 아둔하군. 그 역시 나의 술수였다."

"술수?"

"그렇다. 놈은 자신만 내 후손들의 코어에 깃들어 있다고 생각했지. 언젠가 내 후손의 몸을 그릇으로 강림하려고. 내가 거기에 대해서 아무런 대처도 안 했을 것 같나?"

"그래, 궁금해지기는 하네. 네가 어떻게 이승을 다시 기어다닐 수 있게 된 건지."

"내가 수명을 다하고 내 후대에게 마룡의 혼을 넘기는 순간, 나 역시 도 후손의 코어에 깃들었다. 언젠가 녀석이 그릇을 벗어던지고 나가는 순간, 내가 그 몸을 차지할 수 있도록."

멀빈은 스스로를 가리키며 말했다.

"그리고 보다시피 이렇게 부활했지!"

"허, 들으면 들을수록 가관이네."

그러니까 마룡과 멀빈은, 서로가 서로의 뒤통수를 치고 있었다는 것 아닌가.

고작 저런 놈을 대륙제일검이랍시고 동경하고 있었다니.

그런 생각을 품었던 스스로에 대해 부끄러움이 찾아왔다.

바로 그때였다.

후두둑.

멀빈의 피부가 갈라지더니 우수수 떨어졌다.

일전에 루크에게 당했던 상처가 벌어지는 것이었다.

"어쩌냐. 어렵게 부활한 네 몸은 내가 이미 다 망가뜨려 놓았는데."

"아, 걱정은 고맙다만 신경 쓰지 않아도 된다."

멀빈의 시선이 루크를 향했다.

"지금 이곳에 더없이 좋은 그릇이 있는 것 같으니까."

그 눈빛에서는 탐욕과 광기가 줄줄 흘러넘쳤다.

"루크 슈넬덴, 네 가장 가까운 친우여."

그는 환희에 젖은 목소리로 말했다.

"부디 나를 위해 한 번만 더 죽어 다오."

툭.

그 단어를 듣는 순간, 루크는 간신히 유지하고 있던 이성의 끈이 끊기는 걸 깨달았다.

불굴의 원수, 멀빈 코넬리오.

반드시 저놈을 가장 고통스럽게 죽이고 말리라.

루크의 머릿속은 그 생각으로만 가득 찼다.

"내 앞에 다시 면상을 들이민 걸 후회하게 해 주지."

콰앙!

루크는 폭발하듯 멀빈을 향해 달려들었다.

멀빈은 그 상황에서도 느긋하게 바닥에 있는 검을 주워 들었다.

"그러고 보니 이 검은 네가 아끼던 그 검이로구나. 이름이 아르티아라고 했나?"

스릉.

멀빈이 아르티아를 가볍게 휘둘렀다.

"네 검, 네 몸, 네 혼. 모두 내게 다오."

콰앙!

200년 전, 마룡의 계곡에서 끝내지 못한 싸움이 다시 시작되는 순간이었다.

멀빈이 들고 있던 아르티아에서 마기가 흘러나왔다.

쿠구구구.

마나가 아닌 마기를 사용하는 기사라니.

조금 전이었다면 그 모습을 보고 충격을 받았을지도 모른다.

하지만 이제는 멀빈에게 더 실망할 것도 남아 있지 않았다.

저놈은 지난 200년간 마룡의 혼과 붙어 있으면서 이미 마룡과 똑같은 놈이 되어 버렸으니까.

그 마기가 루크를 덮쳤다.

카앙!

루크는 마기를 향해 검을 휘둘렀다.

새하얀 검기가 마기를 갈라 버렸다.

갈라진 마기가 채 달라붙기도 전에 루크는 앞으로 몸을 날렸다.

그러고는 또 다른 마기의 파도를 찢어발겼다.

이대로 모든 마기를 걷어 낸다면 멀빈의 목을 겨눌 수 있으리라.

그래서 루크는 마기를 베고 또 베었다.

마기의 파편이 루크의 몸 여기저기에 상처를 남기고 있었음에도.

그 마기가 점점 자신의 몸을 잠식하고 있었음에도.

그는 조금도 신경 쓰지 않았다.

지난 세월 외로이 슈넬덴을 지켜 왔던 율리안.

가문을 살려야 한다는 부담감에 시달렸던 테오.

가주의 무덤을 지키다 홀로 죽어 갔던 칼린.

가문의 명맥을 유지하기 위해 스스로 모든 형제를 죽여야 했던 큰아들 카딘.

그 외에도 지난 200년간 슈넬덴의 몰락을 막으려 애를 썼던 모든 후손과 식솔들.

그들의 얼굴이 스쳐 지나갔다.

자신이 이토록 저열한 멀빈의 본모습을 조금만 빨리 알아차렸더라도, 그들이 그토록 고통스러울 일도 없었으리라.

　그렇기에 지금 생기는 이깟 상처 따위는 아무것도 아니었다.

　쿵!

　오히려 발을 더욱 힘차게 내디뎠다.

　그들에 대한 속죄를 담아 벨무스를 휘둘렀다.

　좌아아아아악-!

　마침내 시야를 뒤덮고 있던 마기를 모두 갈라 버렸다.

　그곳에 그가 서 있었다.

　인간보다 더 간악한.

　마물보다 더 추악한.

　마룡보다 더 사악한.

　멀빈 코넬리오가 서 있었다.

　사르르르륵.

　눈송이가 흩날렸다.

　벨무스를 따라 눈송이가 춤추기 시작했다.

　그리고 루크는 멀빈의 심장을 향해 벨무스를 내질렀다.

　뒤늦게 마기가 그 앞을 막아섰지만, 벨무스는 밤하늘의 유성처럼 마기를 꿰뚫었다.

　콰악!

　그리고 루크는 벨무스를 녀석의 심장에 박아 넣었다.

그곳에서부터 눈송이가 흐드러지게 피어났다.

마롱을 두 번이나 죽였던 열두 번째 눈송이가 또다시 피어난 것이다.

"이……."

멀빈은 뭔가를 말하려는 것 같았다.

하지만 더 이상 멀빈의 궤변을 듣고 싶지 않았다.

빙글.

루크는 그대로 검을 돌렸다.

설풍검 12식, 겨울의 끝.

쨍그랑!

눈송이의 파편이 주변으로 흩날렸다.

뒤늦게 루크를 쫓던 마기도 움직임을 멈추었다.

털썩.

멀빈이 바닥에 무릎을 꿇었다.

이대로 멀빈의 상체가 바닥으로 쓰러지기를 간절히 바랐다.

그러나 멀빈 코넬리오는 그렇게 쉽게 쓰러질 자가 아니었다.

"크크크큭."

그는 고개를 떨군 채로 웃어 대기 시작했다.

"이것이 설풍검의 열두 번째 눈송이……. 역시 내 생각이 맞았군."

"……."

"그날 널 그대로 돌려보냈다면 슈넬덴은 코넬리오를 뛰어넘었을 게 분명했다."

츠츠츠츠.

멀빈의 몸에서 마기가 새어 나오더니 상처를 뒤덮어 버렸다.

"이봐, 루크. 내가 말한 적 있었지? 마룡의 기술들 중 인간이 배워야 할 게 있다고."

루크는 대답하지 않았다.

더 이상 저놈과 대화를 섞고 싶지 않았다.

하지만 멀빈은 아무런 호응이 없음에도 계속 지껄여 댔다.

"내가 마룡에게서 가장 탐냈던 것이 바로 이 마기였다."

멀빈의 몸에서 더욱 많은 양의 마기가 뿜어져 나왔다.

그뿐일까.

덴 호그가 뿌려 둔 마기가 모조리 멀빈에게로 몰려들고 있었다.

테오 사단을 뒤덮고 있던 마기까지도 모두.

"마룡은 이 힘을 완전히 이용하지 못했어. 반면 나는 지난 200년 동안 마기를 어떻게 하면 완전히 다룰 수 있을지 연구했지."

쿠구구구구구!

마기의 어둠이 주변을 넘어 하늘과 땅, 온 세상을 검게 물들였다.

어느새 멀빈은 멀쩡히 일어서 있었다.

"마기는 어떻게 쓰느냐에 따라 지금보다 훨씬 더 무궁무진해질 수 있었지."

세상이 요동치기 시작했다.

덴 호그가 세상을 짓누르는 느낌이었다면, 지금 이건 말 그대로 세상을 뒤흔드는 느낌이었다.

"대체 뭔 짓을 하려는 거야?"

"마기를 제대로 활용한다면 어떻게 되는지 네게 보여 주마!"

화아아악!

마기가 테론 대륙 전체를 뒤덮었고, 태양의 빛마저도 가려 버렸다.

온 세상에 어둠과 추위가 찾아왔다.

쩌저저적.

땅이 갈라지고 그곳에서 마기가 새어 나오기 시작했다.

"크르르르르……."

이 세상의 존재가 아닌 것의 울음소리가 들려왔다.

"끼아아아악!"

"커엉! 커엉!"

그 소리로 보아 한두 종류가 아니었다.

멀빈은 마치 연주회에서 음악을 듣기라도 하는 것처럼 고상한 자세로 그 울음소리를 음미했다.

"마기는 천마대전 시절 마신이 남겨 놓은 힘의 잔재가 마룡을 통해 발현된 기운이지."

멀빈의 눈은 이미 새카맣게 물들어 있었다.

"가슈인의 사제들처럼 고작 신의 힘을 빌려 쓰는 것이 아니라, 신의 힘 그 자체다. 나는 인간의 격을 넘어 신이 된 거란 말이다."

"그럼 저 울음소리는……."

"그래, 이것은 마계에 사는 내 추종자들의 소리이지."

"크아아아앙!"

"끼야아아악!"

그와 동시에 땅속에서 생전 처음 보는 괴수들이 나타났다.

온몸에 눈이 달린 늑대가 있는가 하면, 수십 개의 머리가 달린 사자, 외눈박이 거인 등.

대륙에서 흔히 보이는 마물들보다 훨씬 괴기하게 생겼다.

저들이 마족이라 불리는 존재들이리라.

그러나 루크는 동요하지 않았다.

"마족이면 어떡할 건데? 그냥 베어 버리면 그만이야."

촤아아악—!

실제로 루크는 자신에게 가까이 온 마족들을 베어 버렸다.

"크아아아앙!"

"끼야아아악!"

확실히 일반적인 마물들이나 마룡의 군단들보다는 훨씬

강했지만, 그렇다고 검기가 전혀 안 통하는 건 아니었으니까.

그건 멀빈도 모르는 것이 아닐 터.

그러나 멀빈의 입가엔 여전히 여유가 넘쳤다.

"루크, 마족들이 여기서만 나왔을 거라 생각하나?"

루크는 잠깐 저 말이 의미하는 바를 생각했다.

그리고 깨달았다.

"……너 이 새끼!"

"그래, 제국의 힐레스도르, 슈넬덴 본가, 황색 마탑을 포함해 대륙 곳곳에 마계의 문이 열렸지."

루크의 표정이 썩어 들어갔다.

멀빈은 그걸 즐기는 것 같았다.

"네가 나와 싸우는 동안 네가 지키고자 했던 모든 것들이 사라질 것이다."

"널 반드시 죽여 버릴 거다."

"나를 죽인다? 잊은 건 아니겠지? 지금의 나는 인간이 아닌 신이라는 것을."

멀빈이 두 손을 쭉 내밀었다.

"너 따위는 쉽게 죽일 수 있다는 것이다. 내가 원하는 건 네게 죽음보다 더한 고통을 주는 것이지."

화아아악!

세상이 루크를 중심으로 수축했다.

정확히는 세상을 뒤덮고 있는 마기가 수축하는 것이었다.

그 마기의 파동을 피하면 다른 쪽에서 마기가 좁혀 왔다.

말 그대로 세상을 상대로 술래잡기를 하고 있는 듯한 느낌.

"넌 그 안에서 네가 지키고자 했던 것들이 무너지는 모습을 지켜보고 있어라."

"크윽!"

괜히 저놈이 자신을 신이라고 칭한 게 아니었다.

세계를 움직여 자신을 사로잡으려 하다니.

이 속에서 벗어나긴 이미 글렀다.

그렇다면 지금 할 수 있는 것은 단 하나.

'최대한 빨리 멀빈을 처리하는 거다.'

아무리 생각해도 그것 말고는 다른 방법이 없었다.

결정을 내린 루크는 곧장 멀빈을 향해 쇄도했다.

푸욱!

벨무스가 멀빈의 배를 찌르는 순간.

화아아악.

마기가 루크와 멀빈을 동시에 덮쳤다.

"무슨 짓이냐?"

"넌 이 안에서 나랑 싸우는 거야. 네가 죽으면 저놈들도 모두 사라지겠지."

"끝까지 발버둥을 치는구나!"

"이게 발버둥인지 아닌지는 한번 보자고."

그렇게 루크의 몸은 점점 어둠 속에 잠겼다.

그리고 시야가 어둠으로 완전히 뒤덮이는 순간.

"루크ㅇㅇㅇㅇ!"

테오의 목소리가 들려왔다.

"루크ㅇㅇㅇㅇ!"

테오는 마기에 집어삼켜지는 루크를 보며 외쳤다.

하지만 루크는 이미 어둠 속에 잡아먹히고 말았다.

지금 이게 다 무슨 일이란 말인가.

조금 전 그는 루크와 함께 마기 속으로 몸을 던졌다.

그 직후 펼쳐진 광경은 끝을 알 수 없는 어둠이었다.

그리고 루크의 말대로 저 멀리 빛이 보였다.

'저기가 출구구나.'

그는 빛을 향해 어둠을 헤치고 또 헤쳐 나갔다.

하지만 이 어둠은 마치 살아 있는 것처럼 다시 그 자리를 채웠다.

시간이 갈수록 점점 초조해졌다.

설마 루크나 다른 녀석들이 먼저 마룡을 만난 것은 아닐까.

그리고 지금 이 순간 그들이 마룡에게 당하고 있는 것은 아닐까.

그런 생각이 자꾸만 머릿속을 떠다녔다.

테오는 제발 그런 상황만은 아니길 간절히 바랐다.

하지만 어둠이 사라지는 순간, 그의 눈에 들어온 건 어둠에 잡아먹히고 있는 루크였다.

루크와 함께 어둠 속에 빨려 들어가는 그레이엄 코넬리오.

쓰러져 있는 마롱의 시체.

주변을 에워싼 괴수들.

이해할 수 없는 것투성이었다.

그러나 상황이 파악되지 않더라도 먼저 해야 할 것이 있었다.

바로 루크를 구하는 것.

테오는 루크를 집어삼킨 검은색 구체를 향해 검을 휘둘렀다.

그러나 검기를 한계까지 밀어 넣었음에도 그 구체는 베이지 않았다.

"젠장, 젠장!"

테오는 구체를 때리고 또 때렸다.

"공자님?"

뒤늦게 마기 속에서 빠져나온 브리데커와 엘린은 그런 테오를 보고 깜짝 놀랐다.

"저 안에 루크가 있어! 빨리 꺼내야 해!"

테오는 오로지 구체만 보고서 검을 내리쳤다.

그러느라 옆에서 날아오는 마기의 파도를 눈치채지 못했다.

마족들이 쏘아 낸 마기가 테오를 덮쳤다.

"공자님!"

엘린이 테오를 밀쳐냄과 동시에 브리데커가 설강빙벽을 세웠다.

콰아아아아아앙!

마기가 설강빙벽을 뚫고 나오며 폭발이 일어났다.

테오 사단이 충격을 이기지 못하고 뒤로 퉁겨 나갔다.

테오는 바닥에 넘어지자마자 벌떡 일어났다.

"놔! 루크가 저 안에 있다고! 나도 도와야 해!"

"그게 문제가 아니라고요. 저길 보세요."

엘린의 외침에 테오도 그제야 주변의 모습이 눈에 들어왔다.

"끼이이이이이익······!"

"컹, 컹, 컹!"

생전 처음 보는 괴수들이 그들을 향해 다가오고 있었다.

테오 사단은 저들이 마족이라는 걸 알지 못했다.

그러나 저들이 루크의 적이라는 것만큼은 확실했다.

"저놈들부터 어찌해야 공자님께 갈 수 있어요."

"그래, 그렇단 말이지?"

테오가 한 발자국 앞으로 나섰다.

우우웅.

그의 코어가 공명하는 소리가 주변으로 울려 퍼졌다.

테오의 눈에서 살기의 광망이 비치는 순간, 그가 검을 내질렀다.

휘우우우웅.

검 끝에서 눈보라가 휘몰아쳤다.

그 눈보라는 마족들을 순식간에 휩쓸어 버렸다.

당장이라도 테오 사단을 물어뜯을 것 같던 마족들이 그 광경을 보고 주춤거렸다.

그러나 테오의 검은 거기서 멈추지 않았다.

설풍검 8식 역풍의 설우.

마족의 주위로 나풀거리던 눈송이가 일제히 날카로운 검기로 변했다.

눈송이들이 광란의 춤을 추기 시작했다.

서거거거걱!

"크아아아아아아앙!"

마족들이 일제히 괴성을 지르며 바닥에 쓰러졌다.

그 속에서 테오가 걸어 나왔다.

그 뒤로 브리데커와 엘린이 따랐다.

"난 지금 동생을 구하러 가야 하니까."

테오가 검을 고쳐 쥐며 말했다.

"전부 꺼져."

그 말을 끝으로 테오는 한 줄기 섬광으로 변해 살아남은 마족들을 향해 뻗어 나갔다.

"크아아아아아!"

"키아아아악!"

마족 수십 마리가 두 동강 났다.

그 사이로 테오 사단이 파고들었다.

그들의 몸은 이미 상처투성이었다.

마족들이 남긴 상처는 마치 독처럼 점차 몸을 잠식한다.

"사아아아—!"

엘린이 뱀의 머리를 자르는 순간, 거기서 마기가 폭발했다.

마기를 뒤집어쓴 엘린은 타들어 가는 고통에도 검을 멈추지 않았다.

브리데커의 손은 이미 거멓게 죽어 있었다.

가장 앞장서 있던 테오는 괜찮은 곳을 찾기도 어려웠다.

그럼에도 그들은 계속해서 나아갔다.

"절대 대열 무너뜨리지 마! 여기서 대열까지 무너지면 진짜 끝장이야!"

그들은 알고 있었다.

자신들이 마기의 구체를 헤쳐 나온 게 아니었다.

멀빈이 루크를 죽이기 위해 모든 힘을 끌어모으는 바람에 자신들도 빠져나올 수 있었던 것이다.

다시 말해 상대는 오직 루크를 향해 전력을 다하고 있다는 의미.

자신들이 조금이라도 그 힘을 분산시키기 위해서라도, 여기서 죽어서는 안 됐다.

그러나 땅에 생긴 균열에서는 계속해서 마족이 나오고 있었고, 그에 비해 테오 사단은 점차 지쳐 가고 있었다.

"크윽!"

결국 엘린이 대열을 유지하지 못하고 넘어졌다.

그 순간을 기다렸다는 듯 마족들이 덮쳐들었다.

'이제 끝이구나.'

그가 그렇게 생각하는 순간이었다.

카앙!

브리데커의 검이 마족들을 막아 냈다.

뒤이어 테오의 검기가 주변의 마족들을 휩쓸었다.

"가, 감사합니다. 제가 대열을 무너뜨렸는데……."

"그동안 루크랑 대련하면서 이 정도 위기 상황은 넘길 수 있게 됐지."

테오는 그렇게 말하고는 다시 대열을 만들었다.

그 덕분에 그들은 또다시 루크를 향해 나아갈 수 있게 되었다.

그 모습을 본 엘린은 생각했다.

'진짜 리더가 되셨구나.'

엘린이 처음 보았던 테오와 지금의 테오는 너무나도 달랐다.

그때의 그는 망가져 버린 천재이자 가문의 최대 골칫덩이였다.

그랬던 그가 루크를 만나면서 완전히 달라져 버렸다.

처음에는 그저 무위만 늘고 있다고 생각했다.

뭔가 움직일 때는 언제나 루크가 이끌었으니까.

하지만 마룡이 부활하고, 루크가 폐관 수련에 들어가면서부터 테오는 완전히 달라졌다.

그저 무위만이 아니었다.

한 가문을 이끌만한 리더가 된 것이다.

저 모습이야 말로 진정한 의미의 슈넬덴의 직계이리라.

그리고 그 리더가 자신에게 명령을 내렸다.

"다시 대열 갖춰. 여기서 죽는 한이 있더라도 우리는 루크를 구한다."

"예, 공자님."

엘린이 몸을 일으켰다.

그의 주위로 새하얀 한기가 뿜어져 나왔다.

엘린을 노리고 있던 마족들이 슬금슬금 뒤로 물러날 정도로 강한 기운이었다.

"반드시 그 명을 이루겠습니다."

대열을 재정비한 테오 사단은 더욱 빠른 속도로 마족들을 헤쳐 나갔다.

"이제 얼마 안 남았어!"

루크가 갇혀 있는 마기의 구체까지는 대략 백 보 정도 남았다.

저 속에서 루크는 가문만이 아니라 인류의 운명을 건 싸움을 하고 있을 것이다.

저곳에 닿을 수만 있다면 어떤 방식으로든 루크를 도울 수 있으리라.

테오 사단은 더욱 박차를 가했다.

그러나 그들의 앞을 막아서는 게 있었다.

쩌저저저적.

마기로 인해 갈라졌던 땅이 더욱 크게 벌어졌다.

그 틈, 아니 이제는 구덩이라 불러야 할 것 같았다.

그 구덩이에서 검붉은 빛이 뿜어져 나왔다.

마치 지옥의 가장자리를 엿본 것 같은 광경.

"크르르르르릉!"

그리고 그곳에서 그 지옥문을 지키는 파수꾼의 음성이 들려왔다.

"젠장……."

테오는 저도 모르게 욕설을 내뱉었다.

구덩이를 통해 비친 존재의 기운이 그만큼 불길했기 때문이다.

"크아아아아아아!"

이윽고 그 지옥의 구덩이가 재앙을 토했다.

코넬리오의 본가만 한 크기의 거인.

붉은 비늘로 뒤덮인 몸.

그리고 머리부터 꼬리까지 돋아나 있는 뿔.

그건 마신을 모시는 전사인 '데몬'이었다.

악마 같은 놈이라 비유할 때 쓰는 표현이 아닌 진짜 악마가 나타난 것이다.

쩌어억.

데몬의 입이 네 갈래로 나뉘었다.

"크워어어어어어어어!"

데몬이 울부짖는 순간 테오 사단의 몸은 그대로 굳어 버렸다.

아니, 테오 사단뿐만 아니라 그의 수하들인 마족들도 마찬가지였다.

흔히 드래곤 피어라고 부르는 것과 비슷했지만, 그 위력은 드래곤 피어보다도 훨씬 강했다.

그도 그럴 것이 데몬은 드래곤보다도 격이 높은 존재였기 때문.

"크으으윽!"

테오는 이를 꽉 깨물었다.

루크가 바로 백 보 앞에 있는데도 더 이상 다가갈 수가 없었다.

"크르르르르릉."

데몬은 오만한 눈으로 자신들을 내려다보고 있었다.

데몬의 거대한 손이 테오 사단의 머리 위로 점차 다가왔다.

테오 사단은 저 손바닥에 깔려 죽기 전에 몸을 움직이려 했지만, 여전히 피어에 걸린 몸은 움직이지 않았다.

'정말 이대로 공포에 질려 굳어 있을 것인가.'

테오는 가까스로 검을 움직였다.

고작 검을 들어 올리는 것만으로도 땀이 줄줄 흘렀다.

그리고 그는 자신의 팔을 베어 버렸다.

촤악!

그와 동시에 정신이 번쩍 들었다.

테오는 다급히 검기를 뿜어내 데몬의 손아귀를 쳐 냈다.

"크아아아아."

불의의 일격을 당한 탓인지 데몬의 피어가 풀렸다.

브리데커와 엘린도 자신의 몸을 움직일 수 있게 되었다.

"죄송합니다, 공자님."

"사과할 시간도 없어. 우리는 저놈을 베고 루크에게 간다."

"예."

테오 사단이 땅을 박차고 나섰다.

여전히 움직이지 못하고 있는 마족들은 발판이 되었다.

테오 사단은 그들을 발판 삼아 데몬에게 날아갔다.

사라라라락.

그 궤적을 따라 눈송이가 자욱하게 일었다.

데몬도 자신을 향해 날아오는 테오 사단을 보았다.

또다시 데몬의 입이 네 갈래로 나뉘었다.

하지만 피어를 쓰기 전의 기류와는 달랐다.

휘우우웅.

쩍 벌어진 입속에서 휘몰아치는 마기.

그걸 보고 브레스를 떠올리지 않는 사람은 없을 것이다.

다만 그 브레스는 여태 테오 사단이 보았던 그 어떤 브레스보다도 강한 것이다.

테오 사단 역시 마기의 흐름만으로 그 사실을 눈치챘다.

그럼에도 그들에겐 피할 생각이 없어 보였다.

오히려 테오가 준비 자세를 취하자 브리데커와 엘린도 그 자세를 똑같이 따라 할 뿐.

"우린 목숨을 바쳐서라도 루크에게 나아간다. 알고 있지?"

"물론입니다."

세 명의 검이 동시에 한 가지 초식을 그렸다.

한 사람이 움직였다고 해도 될 만큼 동일한 자세.

분명 그들의 자세는 설풍검과 비슷해 보였으나 중간중간 처음 보는 동작들이 있었다.

　이건 오로지 루크를 이기기 위해 그들이 만들어 낸 비전의 준비 자세였으니까.

　콰아아아아.

　데몬의 입에서 브레스가 쏘아져 나왔다.

　그리고 그 순간 테오 사단의 검도 일제히 빛났다.

　연 설풍검 1식 삼중 혹한의 일섬.

　쐐애애애애액.

　세 개의 섬광이 뭉쳐 하나의 섬광을 만들어 냈다.

　그리고 그 섬광은 새카만 어둠을 가르고 날아가 데몬의 가슴을 꿰뚫어 버렸다.

　한 명이었으면 어땠을지 몰라도, 세 명의 한기가 합쳐진 일섬은 데몬의 비늘을 뚫어 내기에 충분했다.

　"크아아아아아앙!"

　쿠웅!

　별안간 가슴을 꿰뚫린 데몬이 괴성을 지르며 쓰러졌다.

　온몸으로 데몬의 브레스를 뚫어낸 테오 사단의 몸도 성치는 않았다.

　그러나 그들은 데몬이 바닥에 쓰러지자마자 일제히 달려들었다.

　이런 절호의 기회에 적을 기다려 주고 있을 여유 따위는 없었다.

콰아아아.

테오 사단은 그들이 할 수 있는 모든 기술들을 쓰러진 데몬을 향해 퍼부었다.

우웅.

그들의 코어가 한 번 울려 퍼질 때마다 데몬은 검은 피를 쏟아 냈다.

"죽어라, 이 괴물 새끼!"

"공자님을 향하여!"

마나를 전부 끌어다 쓴 탓에 입에서 피가 줄줄 흘러나오고 있었음에도, 그들은 공격을 멈추지 않았다.

그리고 마침내 데몬의 입에서 아무런 소리도 흘러나오지 않았다.

쿵!

그의 거대한 몸이 힘없이 바닥으로 처졌다.

파사사삭.

데몬이 쓰러지자 주변에 있던 마족들도 가루가 되어 버렸다.

마계에 있는 저들을 이곳에 붙잡아 둘 수 있었던 힘이 바로 데몬이었기 때문이다.

털썩.

그걸 확인한 테오도 바닥에 주저앉았다.

"우리가 진짜 악마를 잡았네……."

"그러게요."

브리데커와 엘린도 믿기지 않는 듯 말했다.

힘이 다 빠져버린 탓에 마음 같아서는 이대로 드러누워 버리고 싶었다.

하지만 그들에겐 아직 해야 할 일이 남아 있었다.

그들의 시선이 동시에 루크가 갇혀 있는 구체를 향했다.

"끄으으……."

그들은 서로를 부축해서 몸을 일으켰다.

그리고 움직여지지 않는 발을 이끌고 조금씩 검은 구체로 향했다.

구체안에서 일렁이는 빛이 보였다.

아마 저게 루크가 싸우고 있다는 증거가 아닐까.

왠지 모르게 그런 생각이 들었다.

그리고 테오 사단은 다 함께 검을 들었다.

이걸로 구체를 베어 버릴 수 없다는 건 알고 있었다.

다만 조금이라도 저 마기를 흩트려 놓을 수만 있다면, 루크는 그 틈을 놓치지 않을 것이다.

푸욱.

그들은 구체를 향해 검을 박아 넣었다.

그리고 자신들의 마나를 불어넣었다.

우우우웅.

마기의 구체가 요동치기 시작했다.

안쪽에서 보이던 빛도 점점 강해졌다.

그리고 마침내.

콰아아아앙!

커다란 폭음과 함께 마기의 구체가 사방으로 터져 나갔다.

테오 사단도 그 충격을 이기지 못하고 함께 날아갔다.

그들이 실패한 것은 아니었다.

분명 여명을 밝히는 태양처럼 마기를 뚫고 나오는 빛을 보았기 때문.

그 새하얀 빛은 분명 루크의 빛이었다.

하지만 장담은 할 수 없었기에, 테오 사단은 긴장되는 눈으로 마기의 구체가 있던 곳을 보았다.

저벅저벅.

그곳에서 누군가 걸어 나왔다.

테오 사단은 그 발소리의 주인을 확인했다.

그리고 그들의 눈에선 눈물이 주륵 흘렀다.

"루크……."

그토록 기다렸던 루크가 있었다.

하지만 그의 상태는 처참했다.

온몸에는 상처가 가득했고, 그 상처 주위는 마기에 잠식되어 거멓게 죽어가고 있었다.

역시나 루크는 저 속에서 홀로 싸우고 있었던 것이다.

테오 사단은 저 꼴이 된 루크를 향해 한 발자국도 다가갈 수가 없었다.

차마 다가갈 염치가 없었다는 게 더 옳은 표현이리라.

가문과 인류의 평화라는 짐을 홀로 든 채 싸우다가 저 꼴이 되어 버린 루크.

어찌 그에게 다가갈 수 있겠는가.

그런 상황에서 루크가 먼저 입을 열었다.

"다들 고마워. 조금만 늦었어도 진짜 위험할 뻔했거든."

"……."

"설마 데몬까지도 쓰러뜨릴 줄이야. 솔직히 그 새로운 비전엔 나도 한 방 먹었을 거야."

루크는 저 속에서 싸우는 와중에도 바깥 상황을 모두 보고 있었던 모양이다.

그들은 여태 루크와 함께 싸우고 있었던 것이다.

"너희 덕분에 저 속에서 빠져나올 수 있었으니까 이제는 저놈과 제대로 싸워 볼 수 있겠지."

루크가 뒤쪽을 보며 말했다.

루크의 시선을 쫓아간 테오 사단은 눈을 부릅떴다.

마기 속에서 또 다른 기사가 걸어 나오고 있었다.

"그레이엄 코넬리오……?"

"아니, 저건 그레이엄이 아니야."

루크는 그쪽에 시선을 고정한 채로 말했다.

"멀빈 코넬리오지."

테오 사단은 상황을 이해할 수가 없었다.

어째서 대영웅이라 불리던 멀빈이 그레이엄의 형체를 한 채 서 있단 말인가.

그래도 한 가지는 알 것 같았다.

사실은 멀빈이 슈넬덴과 인류에 가장 큰 적이라는 것이다.

"우리도 도울게."

"아니, 이 정도로 해 준 것만으로도 충분해."

루크의 목소리는 단호했다.

입바른 소리가 아니었다.

테오 사단이 멀빈의 마기를 흩트려 준 덕분에 자신도 마기 속에서 빠져나올 수 있었다.

만약 그게 조금이라도 늦었다면 멀빈에게 당했으리라.

그러나 이 이상은 너무 위험했다.

멀빈 때문이 아니라, 루크 자신의 힘에 이들이 말려들지도 몰랐다.

이제부터는 스스로를 통제할 수 없을지도 몰랐으니까.

'어차피 이 싸움은 200년 전, 내가 매듭지어야 했을 싸움.'

루크가 테오 사단을 뒤쪽으로 물렸다.

그리고 자신은 멀빈을 향해 한 발 더 나아갔다.

"멀빈, 이 지긋지긋한 싸움도 이제 끝내자."

고오오오.

루크의 주위 공간이 일그러지기 시작했다.

그 존재만으로도 시공간을 일그러뜨릴 만큼 강렬한 마나가 휘몰아치는 것이다.

시공간이 이럴진대 지면이라고 루크를 감당할 수 있겠는가.

콰지직.

땅이 갈라졌다.

건물의 잔해들은 강한 압력을 이기지 못하고 모래가 되어버렸다.

테오 사단은 어째서 루크가 자신들을 물렸는지 알 것 같았다.

저 근처에 있다가는 그들도 버티지 못했을 테니까.

"저게 루크의 진정한 힘인 건가……?"

저런 존재들의 전투에 자신이 도움을 줄 수 있다고 생각했다니.

오만도 이런 오만이 없었다.

저건 인간이 아니라 신에 가깝지 않은가.

지금 여기서 그가 할 수 있는 거라고는 하나였다.

루크의 말대로 최대한 멀리 도망가는 것.

저 둘의 대결이 시작되는 순간, 이곳은 형체도 알아볼 수 없을 만큼 무너지고 말 테니까.

테오는 브리데커와 엘린을 데리고 코넬리오 성에서 최대한 멀리 떨어진 곳으로 뛰어갔다.

그들의 기감이 점점 멀어지는 것을 느낀 루크는 내심 안심했다.

"내 후손들과는 달리 아주 훌륭한 재능이군. 과거나 지금이나 슈넬덴의 재능은 참으로 탐이 나."

멀빈이 멀어져가는 테오를 보며 말했다.

"고백건대 나는 솔직히 나를 마지막으로 코넬리오의 시대가 끝나리라 생각했다."

"그건 내가 죽을 때도 들은 말인 것 같은데."

"마룡이 등장하지 않았다고 하더라도 말이다."

루크는 의외라는 얼굴로 멀빈을 지켜봤다.

"루크 슈넬덴, 네가 나타나며 슈넬덴의 가풍이 바뀌었지. 재능 있는 자들은 그 재능을 꽃피웠고, 재능이 없어 보이는 자들마저 자신의 쓸모를 찾아갔으니까. 이대로 가만있는다면 슈넬덴이 코넬리오를 제치는 건 시간문제처럼 보였다."

"……."

"그렇기에 마룡의 등장은 나와 코넬리오에 기회였다. 인류의 위기 앞에서 슈넬덴은 자신의 전력을 모두 쏟아부을 게 뻔했으니까."

멀빈의 목소리는 여전히 덤덤했다.

"예상대로 너는 가문의 총력을 투입해 마룡의 군단과 싸웠지. 그리고 그 결과를 보아라. 너와 슈넬덴에 남은 건 아무것도 없다."

"그래서?"

"이번에는 네게 그 과오를 되돌릴 기회를 주지. 너와 슈넬덴의 안위를 보장하겠다. 너도 저들과 함께 슈넬덴으로 돌아가라. 과거 세상이 너희를 버렸듯, 너희도 세상을 버리는 것이다."

멀빈은 이게 루크가 충분히 받아들일 만한 제안이라고 생각했다.

이 싸움은 결코 쉽게 끝나지 않을 것이다.

그리고 지금 이 순간에도 마족들이 슈넬덴의 본가를 공격하고 있었다.

지금 이 상황에서 슈넬덴 본가를 구할 방법은 멀빈이 죽거나 멀빈이 마족들을 물리는 것.

그러나 이미 마신이 되어 버린 멀빈을 죽이기 어렵다는 건 이미 루크도 알고 있을 터.

남은 방법은 이 거래에 응하는 것밖에 없었다.

일단 마족을 물리고 본가를 안정시킨 후에 다시 멀빈과 싸울 수 있을 테니까.

멀빈에 대한 악감정은 그렇다 치더라도, 지금의 루크에겐 본인의 목숨과 가문의 안위가 더욱 중요하리라.

그렇게 판단한 것이다.

"알겠다."

루크의 입꼬리가 올라갔다.

"너 지금 마기의 구체 밖에서는 나한테 이길 자신이 없는 거지?"

"뭐라?"

"그래서 입 털고 있는 거잖아. 다른 인간들을 먹어서 힘이 라도 좀 채우고 다시 나랑 붙으려고?"

멀빈의 표정이 일그러졌다.

루크의 얼굴에서 싹 미소가 가셨다.

그러고는 얼음장처럼 차가운 목소리로 말했다.

"내 목숨을 거는 한이 있더라도 네 뜻대로 되지는 않게 할 거야."

"가엾구나."

멀빈은 그런 루크를 보며 혀를 찼다.

"나는 마기를 이용하여 마신이 되었다. 그런데 너는 그런 나에게 필적할 힘을 가졌지. 너 역시 신의 격을 가진 존재라 는 의미가 아닌가."

멀빈은 진심으로 안타깝다는 듯 말을 이었다.

"그런데 그토록 강한 힘을 가졌으면서 또다시 목숨을 걸고 세상을 지키겠다고 하는 것인가?"

"슈넬덴의 선조들이 지겹도록 말했거든."

루크가 무릎을 굽혔다.

"슈넬덴은 인류의 영원한 방패라고."

루크가 멀빈을 향해 쏘아져 나갔다.

벨무스와 아르티아가 맞부딪쳤다.

콰아아앙!

그 충격으로 시공간 전체가 출렁거렸다.

이미 그들의 전투는 인간들의 수준을 뛰어넘은 지 오래였다.

"그렇게 당하고도 아직 정신을 차리지 못하다니. 좋다. 그럼 내가 직접 가르쳐 주도록 하지."

멀빈이 검을 크게 휘둘렀다.

검은 불꽃이 주변의 모든 것을 태워 버렸다.

마나까지 태워 버린 탓에 그곳은 말 그대로 아무것도 존재하지 않는 공간이 되었다.

아마 평범한 기사였다면 마나를 받아들이지 못해 곧장 오러가 사라지고 말았으리라.

그러나 루크 역시도 더 이상 주변의 마나를 받아 쓸 필요가 없었다.

그의 코어가 끊임없이 공명하며 스스로 마나를 만들어 내고 있었기 때문.

화아아악.

그걸 증명하기라도 하듯 루크의 검에서도 새하얀 검기가 뿜어져 나왔다.

그 지옥의 불꽃마저도 얼어붙게 할 한기였다.

루크는 멀빈에게 선언했다.

"내가 목숨을 걸어서라도 네놈은 막을 거라고 했지?"

둘 사이에 커다란 폭발이 일어났다.

그걸 신호탄으로 지금까지와는 격이 다른 전투가 시작되었다.

그건 인간과 인간이 아닌, 신과 신의 전투였다.

과거의 일이 떠올랐다.

루크는 어릴 때부터 기회만 닿으면 멀빈에게 대련해 달라고 졸랐다.

그때마다 루크의 아버지는 곤란해했다.

슈넬덴의 소공자가 코넬리오의 소공자에게 계속해서 패하는 모습은 남들이 보기에 좋지 않았으니까.

그럼에도 루크는 신경 쓰지 않았다.

그것이 지금 본인이 가장 강해질 수 있는 방법이라 생각했기 때문이다.

지금은 이렇게 깨지고 있었지만, 그의 머릿속에는 한 가지 생각밖에 없었다.

'끝까지 가면 내가 이겨.'

오직 그 생각만으로 멀빈을 꺾기 위해 노력했다.

그 집착은 환생한 이후에도 물론 계속되었다.

테오 사단을 수련시킨 후 홀로 달빛 아래에서 수련하던 때.

그때마다 루크는 멀빈이라는 가상의 적을 세워 두고 대련을 펼쳤다.

당시에는 그가 생각할 수 있는 가장 강한 적은 멀빈이었으니까.

그런데 누가 알았겠는가.

그토록 노력했던 것들이 인류의 존망을 건 전투에서 써먹을 수 있는 것들이 될 줄.

화르르륵.

한 번 붙으면 모든 걸 태워 버릴 때까지 절대 꺼지지 않을 헬 파이어.

그 지옥의 불꽃이 루크의 심장 바로 앞에 나타났다.

빠르게 날아온 것이 아니라 그 지점에 나타난 것이다.

이미 신의 격에 다다른 멀빈은 이미 무에서 유를 창조하는 지경에 이르렀다.

휘익.

그러나 루크는 그것을 보지도 않고 피했다.

"……!"

멀빈도 꽤 놀란 듯한 얼굴이었다.

본인은 신이 되었다고는 해도, 녀석은 결국 멀빈 코넬리오였다.

그는 신과 달리 완전하지 않았다.

결국 모든 공격에 자신의 버릇이 묻어날 수밖에 없었고, 루크는 그런 멀빈의 버릇을 눈감고도 맞힐 수 있었다.

사라락.

"크읔!"

눈송이가 매섭게 멀빈을 갈랐다.

멀빈을 보호하던 마기는 마치 종잇장처럼 찢겨 나갔다.

루크가 자신의 라이프 마나까지 사용하여 흩날린 눈송이였으니, 이 정도 위력은 당연하리라.

그리고 거기서 끝이 아니었다.

상대의 공격을 피했으니 이제는 반격할 차례.

우우우웅.

루크는 자신의 몸 안에서 한기와 화기 두 가지 기운을 충돌시켰다.

검신이라는 외부가 아닌, 회로 내에서 충돌한 것이니만큼 그 폭발력은 훨씬 더 강했다.

물론 그만큼 반발력도 강하겠지만, 지금 루크는 뒷일 따위는 생각하지 않았다.

루크는 그 폭발력을 벨무스로 밀어 넣었다.

'멀빈이라면 지금쯤 내 어깨를 노리겠지.'

루크는 그 검로를 향해 먼저 벨무스를 휘둘렀다.

콰아아아앙!

폭발과 함께 멀빈의 손목이 비틀렸다.

성채 하나를 날려 버릴 만큼의 폭발이었음에도 그저 손목이 비틀리는 정도라니.

최소한 그의 몸만큼은 신이 맞았다.

그러나 루크 역시 위력으로만 따지자면 신의 격에 맞닿은 상태.

루크는 멀빈의 손목이 비틀린 틈을 이용해 벨무스를 휘둘렀다.

멀빈이 몸을 피할 곳을 정확히 노리고서.

콰아아앙!

"크흑!"

멀빈은 동요하고 있었다.

아직 승기를 잡을 만한 치명상까지는 없었지만, 그럼에도 이런 동요 속에서 빈틈을 찾을 수 있으리라.

루크의 눈은 끊임없이 그 틈만을 노리고 있었다.

"그깟 잔기술로는 백날 해도 모자랄 것이다."

멀빈의 검이 순간 번뜩였다.

촤아악—!

그 순간 루크의 몸에도 수많은 상처들이 생겨났다.

루크는 멀빈이 어떤 공격을 해 올지 미리 알고 있었다.

그리고 어떻게 해야 그 공격을 막을 수 있을지도 알고 있었다.

그럼에도 루크는 공격당하는 쪽을 택했다.

앞서 말했듯 그의 머릿속에는 뒷일 따위는 이미 없었으니까.

오히려 자신의 신체 반절을 내주는 한이 있더라도 멀빈을 끝장내겠다는 생각밖에 없었다.

그리고 지금, 바로 그 순간이 찾아왔다.

우우우우우우웅!

루크의 코어가 전에 없을 정도로 강하게 공명했다.

코어가 한 번 공명할 때마다 그 압력을 이기지 못한 회로가 망가졌다.

그걸 본 멀빈은 처음으로 혈색이 변했다.

"너, 지금 뭘 하려는 거지?"

멀빈이 루크에게 물었다.

하지만 멀빈은 루크가 무엇을 하려는 것인지 직감하고 있을 것이다.

그저 부정하려는 것일 뿐이지.

"내가 환생하고 나서부터 머릿속으로 너랑 대련을 수천, 수만 번을 했거든. 근데 아무리 생각해도 널 이길 방법이 안 떠올랐어."

멀빈이 괜히 대륙제일검이라 불린 것이 아니었다.

코어 분열을 익히고, 순수한 마나를 쌓는다고 하더라도, 멀빈에게 이기는 방법은 언제나 목숨을 거는 것뿐이었다.

거기다 저놈은 지금껏 루크가 떠올려 왔던 멀빈과는 달리,

마기로 각성한 마신이 되지 않았던가.

그런 멀빈을 이기기 위해서는 이제 딱 한 가지 수밖에 남지 않았다.

"여태껏 쉬지 않고 수련해서 다행이야. 그러지 않았다면 목숨을 걸더라도 널 이기지 못했을 테니까."

공명음이 더욱 커졌다.

루크의 손에서는 마치 태양을 들고 있기라도 한 것처럼 밝은 빛이 뿜어져 나왔다.

자신의 몸속에 남은 모든 화기와 한기를 모아 코어 속에서 강제 융화했다.

푸확!

결국 충격을 이기지 못한 핏줄이 여기저기서 터졌다.

그러나 루크는 강제 융화를 멈추지 않았다.

"이번에도 목숨을 바쳐 세상을 구하겠다는 건가? 지난 200년간 그 대가가 무엇인지는 네 눈으로 확인했으면서?"

멀빈이 물었다.

아주 좋은 지적이었다.

루크 역시 얼마 전까지만 해도 그렇게 생각했으니까.

-다시는 세상을 위해 희생하지 않겠노라.

-세상을 위해 가문을 버리지 않겠노라.

하지만 결국 세상이 위기에 직면하자 깨달았다.

자신의 몸속에는 어쩔 수 없는 슈넬덴의 피가 흐르고 있다는 것을.

인류의 방패가 될 각오를 했을 때 슈넬덴은 비로소 자신들의 모든 힘을 각성할 수 있다는 것을.

그리고 지금은 200년 전과는 달랐다.

"지금의 슈넬덴은 고작 나를 포함한 몇 명이 사라진다고 해서 흔들릴 만큼 약하지 않지."

쿠구구구구구.

강제 융화된 마나가 루크의 주위로 뿜어져 나왔다.

"내가 이대로 쓰러질 것 같으냐?"

멀빈은 다급하게 마기를 끌어 올렸다.

더 이상 이 대륙에서 끌어낼 마기가 없었다.

하지만 지금은 마계의 문이 열려 있는 상황.

그는 마계의 마기까지 끌어다 썼다.

그러나 이 세계의 것이 아닌 힘을 쓴 대가는 처참했다.

콰드드드득.

멀빈의 몸이 점차 마족처럼 끔찍한 형상으로 변해 갔다.

"크르르르르르르릉!"

한때나마 동경했던 자신의 친구가 괴물처럼 변해 버렸다.

아니, 사실은 저게 진짜 마신의 모습일지도 모르지.

하지만 루크는 상관하지 않았다.

눈앞에 있는 녀석이 무엇을 했든 이 싸움은 여기서 끝날 테니까.

사락.

불꽃을 닮은, 하지만 빙륜석의 한기보다 차가운 눈송이가 흩날렸다.

씨익.

루크의 입가에 미소가 걸렸다.

"이제 완성됐네. 아니, 이제야 끝을 본 건가?"

샤악.

흩날리던 눈송이가 멀빈의 시선을 가리는 순간, 루크의 모습이 사라졌다.

그와 동시에 세상에는 잠시 동안 어둠이 찾아왔다.

태양이 사라져 버린 것 같은 완전한 어둠.

사라락.

그 속에서 새하얀 꽃 하나가 피어났다.

그것은 전에 없던 설풍검의 열세 번째 눈송이이자, 새로운 세상의 시작을 알리는 개화.

그래, 이건······.

"설풍검 13식. 봄의 시작."

화아아아아악.

꽃이 피어나자, 암전되었던 세상이 다시 밝아졌다.

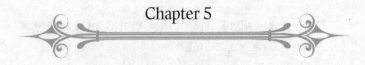

Chapter 5

꽃이 졌을 때는 모든 게 끝나 있었다.

괴수가 되었던 멀빈은 어느새 원래대로 돌아와 있었다.

그는 그레이엄의 탈까지 벗어 던진, 대륙제일검 시절의 멀빈 코넬리오의 모습이었다.

육체는 모두 사라지고 혼만 남았기 때문이리라.

"설풍검……에 열세 번째 눈송이도 있었던가? 열두 번째가 끝이라 알고 있었는데……."

이미 만신창이가 된 멀빈이 물었다.

루크도 그런 줄 알고 있었다.

애당초 설풍검의 열두 번째 눈송이를 본 것도 루크가 유일했으니까.

"모든 끝에는 새로운 시작이 있는 법이지. 이건 열세 번째 눈송이이자 새로운 눈송이야."

대답을 하는 루크의 목소리도 쩍쩍 갈라졌다.

자신의 신체가 받아 낼 수 있는 역치를 넘어선 힘.

그 힘을 사용한 대가로 육체가 서서히 붕괴되고 있었던 것이다.

"어쨌든 드디어 네놈으로부터 1승을 따냈네."

수백, 수천 번을 싸웠지만 단 한 번도 이겨 본 적이 없던 멀빈 코넬리오.

심지어 200년 전 그 순간에도 결국 멀빈의 검에 찔려 패배하지 않았던가.

그런데 드디어 1승을 따냈다.

원래 99번을 져도 마지막에 이기면 장땡이라고 하지 않던가.

이대로 둘 다 죽는다면 결국 자신이 영원한 승자가 되는 것이었다.

'그건 만족스럽네.'

마지막 선물로는 이보다 좋을 수가 없었다.

그러나 멀빈은 그마저도 인정하고 싶지 않았던 모양이다.

[루크, 정말로 네가 이겼다고 생각하는 건가?"]

"넌 그 꼴이 되어서도 자존심을 살리고 싶냐?"

추했다.

저렇게 추할 수가 없었다.

이젠 과거에 동경했던 멀빈이라는 칭호마저도 거둬들이고 싶었다.

[너와 나를 잃은 인류의 운명에 대해서 했던 말을 기억하는가?]

"네가 마룡이랑 거래하려던 걸 어떻게든 합리화시키기 위한 변명?"

[흐흐흐, 과연 그게 변명이었을까? 네 눈으로 직접 확인해 보거라.]

멀빈의 혼이 커다랗게 울부짖었다.

그 혼에서 뿜어져 나온 검은색 빛이 지면에 새겨진 균열 속으로 들어갔다.

데몬이 죽으면서 닫혔던 마계의 문이 다시금 열린 것이다.

[크르르르릉.]

그 틈을 통해 마계에 득실거리는 마족들의 소리가 새어 나왔다.

[저 마계의 문은 결코 닫히지 않을 것이다. 과연 너와 내가 없는 인류에게는 마족들로부터 세상을 지켜 낼 힘이 있을까?]

멀빈의 혼이 점점 옅어졌다.

그는 자신에게 남은 마지막 힘을 마계의 문을 여는 데 사용한 것이다.

[결국 어찌할 수 없는 강적 앞에서 인류는 다시금 분열할 것

이다. 그리고 슈넬덴은 또 한 번 세상으로부터 버려지겠지.
200년 전처럼.]

하지만 루크는 전혀 동요하지 않았다.

오히려 서서히 멀빈에게 다가갈 뿐.

"이걸로 내가 2승을 거두게 된 것 같네."

[뭐라?]

"그동안 내가 바꿨던 건 슈넬덴뿐만이 아니야."

[넌 여전히 인간들을 믿고 있군.]

"인류는 200년 전의 과오로부터 많은 걸 배웠어. 그들은
과거와 같지 않아."

루크가 벨무스를 들어 올렸다.

벨무스의 끝이 정확히 멀빈의 혼을 겨눴다.

"그러니 과거의 망령인 우리는 이제 세상에서 빠져 줘야
할 때야."

뒤는 루크가 그동안 뿌려 뒀던 씨앗들이 맡아 주리라.

푸욱.

벨무스가 멀빈의 혼을 꿰뚫었다.

검신에서 새하얀 빛이 터져 나왔다.

그 빛은 멀빈의 혼을 완전히 태워 버렸다.

"나머지는 너한테 맡겨도 되겠지? 테오, 그리고 율리안."

그리고 그것을 마지막으로 루크의 의식도 멀어졌다.

코넬리오 성에서 떨어진 언덕.

테오 사단은 그곳에서 루크와 멀빈의 결투를 지켜보고 있었다.

그들의 결투는 말 그대로 인간의 경지를 한참이나 초월했다.

검과 검이 부딪힐 때마다 세상이 무너지는 듯한 굉음이 울려 퍼졌다.

코넬리오 성이 통째로 무너지다 못해 평탄화되어 버렸다.

그들이 만들어 낸 충격파는 시공간마저 뒤틀었고, 그 탓에 테오 사단의 눈에는 시간이 더욱 느리게 흘러갔다.

"루크……."

"공자님이 이길 겁니다."

"걱정 마세요."

테오 사단은 닷새가 넘는 시간 동안 한 자리에서 결투를 지켜봐야 했다.

루크가 이길 것이라는 믿음이 있었지만, 그래도 그들은 긴장의 끈을 놓을 수가 없었다.

그리고 마침내.

화아아아아악!

루크의 검에서 생전 처음 보는 설화가 피어났다.

"아아!"

테오 사단은 확신했다.

저것은 루크가 승리했음을 알리는 신호라고.

그들은 곧장 코넬리오 성으로 달려갔다.

설령 루크가 이겼다고 하더라도 저런 전투를 치르고도 멀쩡할 리가 없었다.

"루크, 제발 무사히 돌아와라."

테오는 간절히 바라고 또 바랐다.

하지만 코넬리오 성에 도착했을 무렵, 땅에 새겨졌던 균열에서 마계의 빛이 흘러나오기 시작했다.

마족들의 울음 소리가 들려왔다.

그걸 본 테오 사단은 불안해졌다.

분명 그 설화로 모든 전투가 끝났을 터.

어째서 마계가 다시 열렸단 말인가.

화아아아악.

그 직후 본가 쪽에서 새하얀 빛이 터져 나왔다.

"설마!"

테오 사단은 불길한 예감에 빛이 터져 나온 곳으로 달려갔다.

그리고 거기에는…….

쿠구구구구구.

무너지고 있는 지면이 보였다.

그 잔해 속에 루크가 있는 게 아닌가.

"루크ㅇㅇㅇㅇ!"

테오는 루크를 애타게 불렀다.

그러나 루크의 몸은 힘없이 축 처져 있었다.

마치 죽은 사람처럼.

쿠르르르르릉.

루크의 몸이 무너지는 지면과 함께 바닥으로 떨어졌다.

"아, 안 돼!"

테오는 무너진 잔해를 파헤치기 시작했다.

하지만 테오가 지면을 파헤치는 것보다도 무너지는 지면의 속도가 더 빨랐다.

그럴수록 테오의 속도는 더욱 빨라졌다.

"제발, 제발, 제발, 제발!"

테오는 제발 루크가 살아있기를 기도하면서 지면을 팠다.

주변이 시끄러워졌지만, 테오는 신경 쓰지 않았다.

그의 머릿속에는 어떻게든 루크를 구해 내야 한다는 생각밖에 없었으니까.

"……!"

"……십시오!"

그 소리가 더욱 커졌다.

급기야 누군가 자신의 손을 붙들기까지 했다.

"놔, 놓으란 말이야! 저 밑에 루크가 있다고!"

짜악-!

테오는 자신의 얼얼해진 볼이 붙잡았다.

그는 정신이 퍼뜩 돌아왔다.

엘린이 테오의 뺨을 때린 것이다.

"주변을 좀 보시라고요!"

"아…….."

그제야 주변의 모습이 눈에 들어왔다.

상처투성이가 된 브리데커.

마찬가지로 피투성이가 된 채 자신의 멱살을 붙잡고 있는
엘린.

그리고 그들의 주위를 에워싸고 있는 마족들.

"크르르르릉!"

"컹, 컹, 컹."

브리데커와 엘린이 그들을 포위한 마족들을 상대하고 있
는 것이었다.

"적들의 숫자가 너무 많습니다!"

테오의 표정이 확 굳었다.

"설마 저 아래에 루크를 두고 여기서 도망치자는 말이야?"

씨익.

엘린이 웃었다.

"그럴 리가 있겠어요?"

"저희는 공자님을 돕기 위해 이미 목숨을 걸기로 했잖습

니까."

"그러니까 공자님은 정신 바짝 차리고 잔해를 뒤져 달라는 말이었어요."

"그럼 좀 부탁할게."

"죽을 때까지 지키겠습니다."

브리데커와 엘린이 마족들을 상대하기 시작했다.

그리고 테오는 지면에 기감을 퍼뜨려 루크를 찾기 시작했다.

"제기랄!"

루크의 위치를 파악한 테오는 욕설을 내뱉었다.

루크에게서 생기가 전혀 느껴지지 않았을뿐더러, 그 위치 또한 너무나 깊었기 때문이다.

시간이 촉박했다.

그러나 지금은 손으로 파내는 방법을 제외하고는 별다른 방법이 없었다.

검기를 사용했단 자칫 루크까지 베어 버릴 위험이 있었기 때문.

지금 할 방법은 최대한 빠르게 손으로 파는 것밖에 없었다.

"으아아아악!"

"커허헉."

브리데커와 엘린의 비명이 들려왔다.

콰악.

"끄윽!"

몇몇 마족들의 공격은 그 둘을 넘어 테오에게까지 닿았다.

그러는 와중에도 마계의 문을 나오는 마족들의 숫자는 늘어났다.

사실상 이곳에서 빠져나갈 기회도 놓쳤다.

그리고 그런 그들의 위로 거대한 그림자가 드리웠다.

쿠웅!

굉음과 함께 테오 사단이 일제히 바닥을 나뒹굴었다.

"루크를……루크를 구해야 해."

테오는 어떻게든 몸을 움직이려고 했지만, 다른 마족들이 쓰러진 그들에게 달려들었다.

그들이 죽음을 확신하는 순간이었다.

사라라락.

그들의 위로 눈송이가 내려앉았다.

"……이건?"

그것은 익숙한 눈송이였다.

쏴아아아아.

뒤이어 눈보라가 몰아쳤다.

"캬아아아아아악!"

눈보라는 테오 사단을 덮치려던 마족을 휩쓸어 버렸다.

테오 사단은 깜짝 놀라서 그곳을 보았다.

그리고 거기에는…….

"아버지!"

율리안이 서 있었다.

어떻게 아버지가 여기에 있는 것일까.

지금쯤 아버지는 본가를 지키고 있어야 했을 터인데.

그러나 이곳에 온 건 율리안뿐만이 아니었다.

"슈넬덴 전원!"

율리안이 검을 들며 외쳤다.

그러자 율리안의 뒤에서 새하얀 한기가 줄기줄기 피어올랐다.

"테오 사단을 구출하라!"

"예!"

우레와 같은 대답과 함께 주변으로 눈보라가 몰아치기 시작했다.

쏴아아아아아아-!

슈넬덴의 기사 전원이 동시에 쏟아 낸 눈보라에 마족들은 한순간에 초토화 되어버렸다.

"테오야! 괜찮으냐?"

마족들이 사라진 틈에 율리안이 급히 다가왔다.

"아버지, 여긴 어떻게……."

"루크가 지원을 요청했다."

"루크가요?"

"마룡은 간악하기에 그를 쓰러뜨리더라도 필히 다음 수를 준비했을 거라고. 그리고 어쩌면 그땐 자신이 도울 수 없을지도 모른다고……."

루크는 마룡을 상대하기 위해서는 소수 정예가 필요하지만, 그렇다고 소수 정예만 움직이는 건 위험하다는 걸 알고 있었다.

이미 200년 전에 소수 정예로 마룡을 쓰러뜨린 후의 상황을 대비하지 못해 죽어 봤기 때문.

그렇기에 이번엔 그 이후의 상황에 대해서도 대비해 둔 것이었다.

만약 자신이 또다시 목숨을 걸고서 최후의 적을 쓰러뜨리고도, 생각지 못한 적이 나타난다면?

그땐 믿을 수 있는 이들의 도움이 필요하리라.

그렇게 판단하고 미리 지원군을 요청한 것이었다.

"우린 본가를 진즉에 버렸다. 식솔들을 모두 안전한 곳으로 대피시켜 두고 나머지 병력들을 모두 이끌고 왔지."

"아아……."

테오는 퍼뜩 루크에 대한 생각이 떠올랐다.

"루크! 루크가 저 아래에 있어요."

테오가 무너진 지면으로 가려 했다.

그러나 테오는 그 자리에 멈출 수밖에 없었다.

그 앞에는 어느새 마족들이 빽빽하게 자리를 채우고 있었기 때문.

좀 전보다도 숫자가 훨씬 많았다.

마계의 문이 본격적으로 개방된 것이다.

"크르르르."

슈넬덴 전군을 합한 숫자보다도 네 배는 더 많은 마물들의 숫자.

솔직히 말하면 루크를 구하는 건 고사하고 슈넬덴군이 무사히 이곳을 빠져나갈 수 있을지조차 확신할 수 없을 정도였다.

그럼에도 테오는 앞으로 나섰다.

"꺼져, 이 새끼들아!"

츠츠츠.

테오의 검에 검기가 서렸다.

이미 너무 많은 힘을 소모한 탓에 희미하기 짝이 없는 빛이었다.

그럼에도 테오는 그 검을 치켜들고 마족들에게 맞섰다.

오로지 루크를 구하겠다는 일념 하나로.

"우리는 모두를 구해서 돌아간다."

율리안도 그 옆에 섰다.

"저희도 마찬가지입니다."

테오 사단도, 슈넬덴의 모든 기사들이 그 옆에 섰다.

설령 모두가 여기서 죽는 한이 있더라도 루크를 구하겠다는 의지였다.

미련해 보일 수도 있었다.

개죽음이라고 지탄받을지도 몰랐다.

하지만 루크는 자신들 모두를 위해, 아니 모든 인류를 위해 홀로 위험을 무릅쓰지 않았던가.

그렇기에 그들도 똑같은 마음으로 그곳에 선 것이다.

"크아아아아아아!"

어느새 숫자가 더 불어난 마족들이 슈넬덴군을 향해 달려들었다.

슈넬덴군도 필사의 결의를 하고서 마족들에게 달려들려는 순간.

뿌우우우우……!

어디선가 뿔피리 소리가 들려왔다.

둥, 둥, 둥, 둥.

곧 북소리가 뒤를 이었다.

"이건……."

"설마……?"

하늘을 꿰뚫는 뿔피리 소리.

그리고 지축을 울리는 북소리.

그것은 바로 브리든 제국의 진격을 알리는 신호였다.

슈넬덴에 이어 제국의 지원군도 코넬리오 성에 당도했다.

척.

아이바르의 지시에 따라 제국의 기사들도 일제히 대열을 갖추었다.

그리고 그들의 입이 동시에 똑같은 단어가 흘러나왔다.

"청풍명월!"

콰아아아아아아.

폭음과 함께 빽빽이 모인 마족들 위를 녹색의 검기가 뒤덮었다.

"다행히 우리가 늦지 않은 것 같소."

아이바르가 율리안과 테오를 보며 외쳤다.

"제국이 어찌 여기 있는 것이오?"

이건 율리안조차 전혀 예상치 못한 상황이었다.

그도 그럴 것이 루크가 지원을 부탁했던 곳은 슈넬덴밖에 없었으니까.

"슈넬덴의 원군이 코넬리오를 향해 떠난다는 이야기를 들었소. 분명 큰 전투를 위해 떠나는 것이라 생각하고 제국 역시도 함께한 것이오."

"황도를 재건하느라 여유가 없을 줄 알았소만."

"우리가 황도를 재건한다 한들, 마룡을 처치하지 못한다면 무슨 소용이 있겠소?"

아이바르가 미소를 짓고는 뒤쪽을 바라보았다.

"다들 아니 그렇소이까?"

"물론입니다!"

슈넬덴 연합에 소속되어 있던 가주들의 대답이 들려왔다.

제국뿐만이 아니었다.

모든 이들이 슈넬덴을 도와 대륙을 지키기 위해 제 발로 이곳까지 찾아온 것이다.

"그건 그렇고 저들은 대체 무엇이오? 우리가 떠난 후 황도에도 비슷한 괴물들이 나타났다는 말을 들었소."

"우리도 처음 보는 괴물들이오. 아마도 루크가 싸웠던 상대와 관련된 녀석들 같긴 하오만……."

'루크 공자, 그대는 대체 어떤 적과 싸운 것이오.'

율리안과 아이바르가 마족들을 보며 치를 떨고 있을 때였다.

"저들은 마족입니다. 이 세계가 아닌 마계에서 온 종족이지요. 그리고 저 균열은 마계와 이곳을 잇는 통로일 테고요."

연합군 대열 사이로 낭랑한 목소리가 들려왔다.

황탑주 크라이스가 긴 로브를 흩날리며 걸어 나왔다.

그녀를 따라 황탑의 마법사들도 도열했다.

황탑에서도 가용할 수 있는 마법사들을 모두 데리고 이곳까지 온 것이다.

"아무래도 루크는 이미 마룡 이상의 존재와 싸웠고 이긴 것 같아요."

"마룡 이상의 존재라면……."

"글쎄요. 정확하지는 않지만 제가 아는 바로는 마신밖에 없을 것 같네요."

"……."

주변은 정적에 휩싸였다.

마신이라니, 그럼 루크가 신과 싸워 이겼다는 의미가 아닌가.

"지금은 그 활약상에 놀라고 있을 때가 아니에요."

황탑주는 어벙해져 있는 그들을 향해 일갈했다.

"우리는 이미 늦었어요. 루크는 이미 혼자서 그의 모든 걸 걸고 마신과 싸워 승리했어요. 그러니까 루크를 구하는 것만큼은 늦지 말아야죠."

"그, 그렇지요."

그녀의 말에 율리안도 퍼뜩 정신을 차렸다.

그러고 보니 마계에서는 끊임없이 마족들이 올라오고 있었다.

원래는 저들을 막는 동안 루크를 구하려고 했지만, 새로운 지원군이 온 순간 이야기가 달라졌다.

이제는 저 괴물들을 모두 밀어내고 루크를 구할 수도 있으리라.

"전군!"

연합군의 수장이 된 율리안이 외쳤다.

"마족들을 모두 몰아내고, 저 문을 닫아 버려라!"

"와아아아아!"

연합군이 마족들을 향해 달려들었다.

마룡이 그랬듯 마족들의 힘 역시도 인간의 공포와 두려움이 원천이었다.

그러나 반대로 인간은 같은 신념 아래 뭉칠 때 두려움이 사라지기 마련.

덕분에 전세가 순식간에 역전되었다.

그리고 그 누구보다 연합군의 사기를 끌어올리는 존재가 있었으니.

쿠구구구구.

"키아아아악!"

"카아아악!"

황탑주의 손짓 한 번에 땅이 뒤집어졌고, 수백 마리의 마족이 그 흙더미 속에 묻혔다.

그뿐일까.

하늘에서부터 떨어진 거대한 바위 창이 마족들의 머리에 우수수 꽂혔다.

그 모습을 본 연합군은 잠시 굳어 버렸다.

"……이것이 황탑주의 힘인가?"

여태 황탑주의 전투력이 얼마나 되는가에 대한 논의는 많았다.

한창 제국이 대륙제일가로 도약을 꿈꾸던 시절에도 황탑주의 전투력을 가늠하기 위해 정보원들을 보낸 적도 있었을 정도.

그리고 지금 보는 황탑주의 마법은 가히 신이 일으킨 재앙으로 보일 정도로 강력했다.

누가 전투력은 적탑이 강하다고 하였는가.

'저런 괴물이 있는 황탑을 두고?'

쿠구구구구구.

황탑주는 아예 양손을 휘둘렀다.

그러자 대지가 더욱 요동치더니 마계의 문과 연결되어 있던 균열을 메꾸기 시작했다.

"키야아아악!"

마족들은 어떻게든 그 틈에서 빠져나오려고 했지만, 위에서 쏟아지는 흙더미를 버텨 내지 못하고 다시 마계로 떨어졌다.

"휴우."

아예 구멍을 모두 막아 버린 황탑주는 한숨을 내쉬었다.

그러고는 황탑의 마법사들을 보았다.

"저놈들이 땅을 파고 못 나오도록 지면을 확실히 묶어 둬."

"예!"

그 즉시 황탑의 마법사들이 땅을 향해 온갖 주문을 걸어 댔다.

황탑주는 아이바르를 향해 다가왔다.

"이제 남은 녀석들만 그쪽에서 처리해 줘요. 저는 루크를 구하러 가 봐야 하니까."

"그, 그러시오."

아이바르는 그저 천천히 고개를 끄덕일 뿐이었다.

당시에 황탑을 칠 계획을 하지 않았던 것을 천만다행이라 생각하며.

"헉, 헉, 헉!"

크라이스가 마족들을 정리하는 동안, 테오는 계속해서 지면을 파냈다.

그리고 드디어 그 끝에 다다랐다.

저 아래쪽에 루크가 쓰러져 있는 게 보였다.

"루크!"

테오는 망설임 없이 루크를 향해 뛰어내렸다.

"내가 땅을 끌어 올릴 테니까 루크가 충격을 안 받게 잘 지켜."

황탑주는 테오가 루크를 확보한 걸 확인한 후 테오가 있던 땅을 통째로 끌어 올렸다.

쿠구구구.

루크와 테오를 실은 땅은 천천히 올라왔다.

아무리 테오가 루크를 보호하고 있다고 하더라도 큰 충격이 가해지는 건 위험했기 때문이다.

모두가 긴장되는 눈으로 그 모습을 지켜보고 있었다.

꿀꺽.

정적 속에서 마른침을 삼키는 소리가 들렸다.

누군가 기도하는 소리도 들렸다.

각기 표현 방법은 달랐지만, 부디 루크가 무사하길 바라는 마음만큼은 똑같았다.

마침내 지하의 땅이 지면에 다다르자 모두의 시선이 모였다.

그리고 거기에는······.

"흑, 흐흑."

테오가 루크를 부여잡고 울고 있었다.

"오, 안 돼, 안 돼······."

"가슈인시여······."

"그럴 리가 없어."

모두의 머릿속에 비슷한 생각이 스쳐 지나갔다.

굳이 테오의 반응이 아니더라도 저 창백한 피부 하며, 피투성이가 된 몸만으로도 루크의 상태를 알 수 있었다.

아이바르는 털썩 주저앉았고, 황탑주는 입술을 질끈 깨물었다.

율리안은 흔들리는 눈으로 루크에게 걸어갔다.

"어찌하여……."

율리안은 피투성이가 된 채 숨을 쉬지 않는 아들 앞에 주저앉았다.

"내가 말하지 않았더냐."

그의 목소리가 턱 막혔다.

"네 피로 지켜진 세상에서는 살기 싫다고. 그런데 어찌하여 목숨을 걸었느냔 말이다……."

그는 몇 번이고 눈을 비비고 또 비볐다.

지금이라도 루크가 눈을 번쩍 떠 주길 바라며.

그러나 루크에게서는 아무런 대답도 들려오지 않았다.

"대답 좀 해 다오. 제발……."

"……."

주변이 조용해졌다.

침을 삼키는 소리도, 기도하는 소리도 들려오지 않았다.

그건 발악이었다. 아주 작은 호흡이라도, 그보다 작은 심장의 고동이라도 들려오길 바라는 발악.

하지만 세상의 모든 소리를 지우더라도, 그토록 간절히 바라는 소리는 들려오지 않았다.

"아으……!"

율리안은 아들의 가슴 위에 손을 올렸다.

엉겨 붙은 피가 만져졌다.

그리고 엉망진창으로 벌어진 상처들이 만져졌다.

루크가 어떤 전투를 치렀는지 말해 주는 것 같았다.

"루크야⋯⋯."

똑.

결국 참고 있던 눈물이 흘러내렸다.

"흐으으으⋯⋯!"

율리안은 루크의 몸을 끌어안고 울부짖었다.

후두두둑.

하늘도 같이 울어 주는 것일까.

어느새 어둑해진 하늘에서 비가 쏟아졌다.

툭.

그런 율리안의 어깨 위로 누군가의 손이 올라왔다.

"아버지."

그건 테오의 손이었다.

"돌아가요."

"테오야⋯⋯."

테오의 얼굴은 이미 눈물과 콧물로 범벅이 되어 있었다.

하지만 그는 끝끝내 울음을 터뜨리지 않았다.

당장이라도 터져 나올 것 같은 울음을 억지로 참은 채 입을 열었다.

"루크를⋯⋯ 설풍의 회랑으로 옮겨 줘야죠. 루크도 이런 모습은 원하지 않을 거예요."

그 말에 율리안이 고개를 떨구었다.

아비인 자신보다 테오가 루크의 마음을 더욱 깊게 이해하고 있었던 것이다.

"그래, 그러자꾸나."

율리안도 몸을 일으켰다.

척.

그리고 루크를 향해 경례를 올렸다.

여전히 머리가 어지럽고 다리가 후들거렸다.

하지만 자신이 이런 모습을 보인다면, 루크가 편히 떠날 수 없으리라.

그래서 그는 경례로서 이 슬픔을, 이 아픔을, 그리고 이 고마움을 표했다.

"전원 도열."

그 뒤로 아이바르의 목소리가 들려왔다.

아이바르의 말에 연합군 모두가 예를 취했다.

"테론 대륙을 구한 대영웅, 루크 슈넬덴 공께 경례."

척!

그날 그곳에 있던 사람들은 새로운 대영웅의 탄생과 죽음을 눈에 똑똑히 새겨 넣었다.

설풍의 회랑.

가문의 업적을 드높인 자들만 이름을 올릴 수 있는 무덤.

좌악.

그 자리 중 두 곳에 새하얀 천이 펼쳐졌다.

그중 하나에는 칼린 헤로그라는 이름이 새겨졌다.

마룡을 토벌하기 위해 코넬리오 성으로 향하던 당시, 루크가 말해 주었다.

칼린이라는 이름을 가진 기사가 슈넬덴산에 있다고.

200년 전, 마룡과의 대전 당시 누구보다 많은 군단을 베어 넘겼고, 그 후에도 끝까지 가문을 지키기 위해 싸웠던 분이라고 했다.

그 기록은 일리아스가 확인해 주었다.

그가 가지고 있던 카딘 슈넬덴의 기록들에 칼린 헤로그라는 이름이 자주 등장했던 것이다.

척.

그리고 그 천 위에 벨무스가 놓였다.

루크는 이 검 역시 칼린에게 빌린 거라고 했다.

루크가 어쩌다 칼린의 백골을 발견하게 되었고, 어떻게 그에게서 검을 가져온 것인지 아는 이는 아무도 없었다.

그렇다고 루크에게 사정을 물어볼 수도 없었기에, 슈넬덴은 예법에 따라 칼린을 모셨다.

그 옆자리에는 루크가 안치되었다.

화려하게 치장된 관 속에 루크가 편안히 잠들어 있었다.

"크흡……."

율리안, 테오, 그리고 테오 사단까지.

그들은 루크가 설풍의 회랑에 모셔지는 모습을 보며 입술을 질끈 깨물었다.

설풍의 회랑에 모셔지는 건 슈넬덴의 기사로서 가장 명예로운 일.

이토록 영예로운 순간을 눈물로 망칠 수는 없었다.

무엇보다 아직은 눈물을 흘릴 때가 아니었다.

"우리는 루크가 남겨준 과제를 해결 못 했어."

테오가 출구 쪽으로 몸을 돌리며 말했다.

그러나 그의 목소리는 이미 물기에 젖어 있었다.

"인류의 방패로서 대륙을 지키는 것. 그걸 마친 후에야 비로소 우리에게 루크 앞에서 울 자격이 생기는 거야."

테오는 그렇게 말하고는 설풍의 회랑을 나섰다.

끝끝내 그의 눈가에 맺힌 눈물은 밑으로 떨어지지 않았다.

그리고 그날 밤.

스르륵.

설풍의 회랑의 문이 열렸다.

회랑의 문을 지키고 있었어야 할 경비들은 기절해 있었다.

그 문틈으로 누군가 걸어왔다.

외부인의 침입과 동시에 요란하게 울려야 할 경비 결계들도 작동하지 않았다.

그도 그럴 것이, 이곳에 결계를 쳤던 장본인이 바로 그녀였으니까.

황탑주 크라이스는 곧장 루크의 관이 있는 곳으로 걸어갔다.

그 앞에 선 그녀는 루크의 관에 손을 가져다 댔다.

자연이 아닌 인간의 손에 의해 만들어진 그녀의 얼굴에 표정이 나타났다.

그것은 연민이었다.

"결국 이번에도 넌 모든 것을 이겨 냈구나."

그녀가 나지막이 말했다.

"하지만 그 때문에 내 다짐은 지키지 못했어."

이번만큼은 절대 친구를 잃지 않겠다는 다짐.

그 다짐은 이번에도 깨지고 말았다.

그녀는 루크가 잠들어 있는 관을 향해 손짓했다.

관의 뚜껑이 저절로 움직였다.

그리고 그 안에는 편히 잠들어 있는 루크가 보였다.

루크의 모습을 확인한 그녀의 얼굴에는 옅은 미소가 그려졌다.

"그래도 아직 내게 그 다짐을 지킬 기회가 있어 다행이야."

그녀는 양손을 가지런히 모았다.

우우우웅.

그 손 위에 새하얀 빛무리가 생겨났다.

그와 동시에 그녀의 피부 위로 균열이 생겨났다.

후두둑.

바람에 모래 산이 쓸려 나가듯 그녀의 몸이 흩어지기 시작했다.

그럼에도 그녀는 그 빛무리를 루크의 가슴 쪽으로 가져갔다.

쏘옥.

그 빛무리는 그대로 루크의 가슴 속으로 스며들었다.

모든 인간에게 죽음의 경험은 한 번만 주어진다고 했던가.

적어도 루크 슈넬덴에게 있어서는 그 말이 맞지 않았다.

그는 두 번째 죽음을 맞이했으니까.

그 덕분에 새로운 사실을 알아낼 수 있었다.

바로 사후의 경험이 죽음 때마다 다를 수 있다는 것이다.

첫 번째 죽음의 기억은 끔찍했다.

끝없는 어둠 속을 헤엄치는 느낌.

그곳에서는 시간도 공간도 느낄 수 없었다.

떠오르는 거라고는 오직 억울함뿐.

오랫동안 헤매었던 벽을 뛰어넘을 방법을 찾았음에도.

대륙제일가가 되어야 한다던 가문의 염원을 이제야 이룰 수 있게 되었음에도.

가장 믿었던 친구이자 우상에게 배신당하는 바람에 그 모든 걸 이루지 못했다는 사실이 너무나도 억울했다.

지금에 와서 생각해 보면 자신을 둘러싸고 있던 그 어둠은, 어쩌면 자신의 억울함이 아니었을까 하는 생각도 들었다.

그걸 어떻게 알았냐고?

두 번째 죽음 후에 본 세상은 전혀 달랐기 때문이다.

가장 먼저 느껴진 건 코어가 타들어 가는 듯한 고통이었다.

그럴 만도 했다.

코어가 전부 부서져 버릴 정도로 강한 폭발을 일으켰으니.

죽는 순간의 고통은 첫 번째 죽음과 비슷했다.

그러나 그 직후 눈을 떴을 때의 광경은 이전의 죽음 때와는 완전히 달랐다.

이번에는 어둠의 바다가 아니라 새하얀 하늘을 나는 것 같은 광경이 펼쳐졌다.

어쩐지 포근한 것 같은 느낌.

아니, 이건 포근하다기보다는…….

그래, 시원함이었다.

첫 번째 죽음 때처럼 마음속의 울분은 전혀 남아 있지 않았다.

오히려 후련함만 남아 있을 뿐.

자신은 200년 전처럼 마룡을 처치하고 세상을 구해 냈다.

이번엔 모두에게 그 모습을 똑똑히 보여 주었다.

지난번처럼 역사가 잘못 쓰일 일은 없으리라.

드디어 멀빈 놈의 코어에 검을 박아 넣은 건 또 어떻고.

환생한 이후에 가장 아쉬웠던 것이 멀빈에게 직접 복수하지 못한다는 것이 아니던가.

그래서 녀석이 이루어 둔 모든 것을 박살 내 버리는 걸 목표로 삼았었는데, 본의 아니게 놈에게 직접 한 방을 먹여 줄수 있었다.

이것으로 지난 생에서 당한 것에 대한 복수는 톡톡히 해준 것 같았다.

또 설풍검에 숨겨져 있던 열세 번째 눈송이를 피워 냈다.

그건 자신 역시 놀랐다.

그저 몸이 움직이는 대로 움직였더니 13식이 나와 버렸다.

하긴 그게 그렇게 이상한 건 아니었다.

본디 슈넬덴의 초식은 하나하나 다 이어지는 법.

설풍검이 만들어진 과정도 비슷했다.

그저 흐름에 맞춰 휘두르다 그 끝에 다다르면 그다음 초식이 자연스럽게 흘러나왔다.

그것이 설풍검의 다음 식이 되는 것이다.

설풍검이 12식까지인 이유도 바로 이 흐름 때문이었다.

초대 가주께서 11식을 사용한 후에 더 이상 닿을 수 없는 흐름이 있었다.

분명히 존재는 하지만 탈 수는 없는 흐름.

그것이 곧 설풍검의 12식이라 불렸고, 동시에 마지막 설풍검이라 여기게 된 것이다.

그러나 설풍검의 흐름은 거기서 끝이 아니었다.

열두 번째 눈송이를 완벽히 피워 내는 순간, 자연스럽게 열세 번째 흐름이 만들어진 것이다.

'이 사실을 전하지 못하는 건 좀 아쉽긴 하네.'

물론 이 사실을 전한다고 해서 누구나 다 열세 번째 눈송이를 피울 수 있다는 건 아니었다.

당장 12식을 사용하는 이도 없는 판국에 13식이라니.

그럼에도 설풍검에 열세 번째 눈송이가 있다는 사실이 알려지는 것만으로도 의의가 있을 것이다.

그 사실만으로도 수많은 이들이 13식에 도전할 테고, 그러다 보면 언젠간 13식을 사용하는 후손이 나올지도 몰랐으니까.

자신이 설풍검 12식을 사용할 수 있었던 것도 바로 그 때문이었다.

초대 가주께서 남겨둔 12식에 대한 가능성 덕분에 자신도 마지막 순간에 12식에 눈을 뜬 것이다.

그러다 보니 13식을 남기지 못했다는 사실이 못내 아쉬웠다.

'혹시 또 모르지. 테오가 분명 그 마지막 순간을 봤을 테니까.'

녀석의 감각이라면 설풍검 13식을 눈치챘을 수도 있었다.

그게 정확히 무엇인지는 알 수 없다고 하더라도, 최소한 12식 이후에 뭔가 있다는 것은 눈치채 주기를 바랐다.

그러고 보니 가장 후련한 것이 바로 테오와 테오 사단의 성장이었다.

이번 전투를 치르면서 똑똑히 확인했다.

테오 사단의 실력은 자신이 예상했던 것보다도 더 뛰어났다.

특히 테오는 모든 면에서 슈넬덴에 어울리는 기사가 되었다.

'만약 내가 이번 전투에서 죽는다고 하더라도, 슈넬덴을 맡길 수 있겠구나.'

그런 생각이 없었다면 설풍검 13식을 사용하기 직전에 조금은 망설였을지도 몰랐다.

그리고 그 망설임이 전투의 향방을 다른 쪽으로 끌고 갔을지도 모르지.

'이렇게 생각해 보니 하나하나 후련한 것들뿐이네.'

첫 번째 죽음 당시의 어둠이 억울함이었다면, 지금 이 새하얀 빛은 후련함이 표출된 것이리라.

'이런 죽음이라면…… 꽤 괜찮을지도.'

루크는 새하얀 하늘 속에서 편안히 누웠다.

그러자 자신의 몸이 점점 새하얀 하늘 속으로 스며드는 것 같았다.

머릿속으로 수많은 이들의 얼굴이 떠올랐다.

루크는 그들의 얼굴을 기억 속에 간직했다.

영원히 잊지 않고 싶었기에.

'다들 고마웠어.'

루크는 가만히 눈을 감았다.

그의 몸이 새하얀 하늘 속으로 완전히 흩어지려 할 때였다.

화아아악.

어디선가 황금빛이 뿜어져 나왔다.

저게 뭘까.

이곳은 생과 사의 경계.

외부의 존재가 이곳에 개입할 수는 없을 텐데.

그러나 호기심도 곧 사라졌다.

어차피 죽어 가는 마당에 뭐가 그리 중요하겠는가.

"이런, 조금만 늦었어도 큰일 날 뻔했네."

그 목소리를 듣는 순간 루크가 눈을 번쩍 떴다.

이곳에서는 절대 들려서는 안 될 목소리를 들은 것이다.

"그래도 붙잡을 수 있어서 다행이야."

"황탑주님?"

루크가 주위를 두리번거렸다.

그러나 크라이스의 모습은 어디에서도 보이지 않았다.

"여기야."

화악.

루크의 눈이 황금색 빛을 향했다.

목소리는 그곳에서부터 들려왔다.

그 빛이 조금씩 루크에게 다가왔다.

루크는 그 빛을 향해 무의식적으로 손을 뻗었다.

빛이 그의 손에 닿는 순간.

위잉.

그 빛 속에서 크라이스가 걸어 나왔다.

"제가 지금 뭘 잘못 보고 있는 건가요?"

"아니, 아주 잘 보고 있으니까 걱정하지 마."

그녀의 말에 루크는 피식 웃었다.

저 미치광이 마법사가 또 무슨 짓을 벌인 모양이다.

"대체 무슨 짓을 해야 생과 사의 경계로 올 수 있는 거예요?"

"내가 천 년 묵은 호문쿨루스인데 그런 것도 못 할까 봐?"

"천 년이고 뭐고, 이건 마롱도 못 할 거 같은데요."

"그런 어린 도마뱀과 날 비교하지 말렴."

그녀가 밝게 웃었다.

이제 미련 따위는 없다고 생각했는데…… 막상 생전 알던 사람의 웃음을 보자, 이대로 죽는 게 좀 아까워졌다.

"그래서 여긴 무슨 일이에요? 나한테 마지막 인사라도 하려고 온 거예요?"

"내가 설마 고작 인사 따위 하려고 생과 사의 경계로 왔겠어?"

"그럼 뭔데요?"

"널 두 번이나 죽게 내버려 둘 수는 없잖아."

"두 번요……?"

루크는 잠시 고개를 갸웃하더니 놀란 눈으로 크라이스를 보았다.

"설마 다 알고 있었던 거예요?"

"설풍검제, 그놈에 대한 기억만큼은 내가 소멸하더라도 기억할 수 있을 정도로 생생해."

크라이스가 어깨를 으쓱하며 대답했다.

"그런데 설풍검제랑 똑같은 이름을 하고 똑같은 말투와 행동을 하는 녀석이 나타났으니, 못 알아보는 게 더 이상하지 않겠어?"

"그런가요?"

"뭐, 사실 처음에는 긴가민가했어. 분명 설풍검제는 200년 전에 죽었으니까. 근데 계속 보다 보니까 확신이 서더라고."

"하, 이거 창피하네요."

진실을 다 알고 있는 사람 앞에서 연기를 했다고 생각하니 괜히 부끄러워졌다.

"혹시 엘프 촌장도 알았을까요?"

"그 녀석은 너랑 안 부대껴 봐서 모르지 않을까?"

"그건 다행이네요."

하긴 자신이 대수림에서 쳤던 깽판을 생각하면, 정체를 알고서도 모른 척하기는 어려웠을 것이다.

"만약 촌장까지 알았다면 편히 죽지는 못했을 거예요."

"자꾸 죽는다는 소리 할래?"

"이미 죽은 사람이라 죽는다는 소리를 하는 건데, 뭐 어때서요."

크라이스가 루크의 손을 붙잡았다.

그 손을 통해서 따뜻한 온기가 전해졌다.

이상했다.

분명 모든 감각이 사라졌을 터인데.

이 온기는 대체 무엇이란 말인가?

그 순간 루크의 머릿속에 퍼뜩 불길한 예감이 들었다.

"잠깐, 뭘 하려는 거예요?"

루크가 다급하게 물었다.

그러는 중에도 손을 통해 전해진 온기가 점점 온몸으로 퍼져 나갔다.

희미해지던 존재감도 점차 짙어져 갔다.

"지금까지 뭘 들은 거야? 내 다짐을 지키러 여기까지 왔다니까."

"그게 무슨……?"

루크는 말을 하다 말고 깜짝 놀랐다.

크라이스의 몸이 점차 옅어지고 있는 것이 아닌가.

"지금 이게 무슨 짓이에요!"

"이건 내 보답이야."

"무슨 보답요?"

"그저 육체만 살아 움직이던 나의 삶에 진짜 생을 전해 준 너에 대한 보답."

"그게 대체……!"

"내가 지난번에 두 번 다시 친구를 잃지 않겠다는 말을 어떻게 확신하며 말할 수 있었겠어?"

희미해져 가는 그녀의 얼굴에서 밝은 미소가 그려졌다.

"네가 설령 죽는 한이 있더라도 널 살릴 방법이 있었기 때문이야. 그 말을 할 때부터 이미 각오하고 있었다고."

－영원토록 황탑을 지켜야만 한다.

그녀를 만들었던 초대 황탑주가 내린 제약을 그녀 스스로 끊어 낸 것이다.

그리고 그녀의 생명을 루크에게 주기로 했다.

"난 이미 코어와 심장이 붕괴됐어요. 날 다시 살려 봐야 아무 소용 없다고요."

루크는 이제 희미해져서 잘 보이지도 않는 크라이스를 붙잡고 말했다.

"훗, 내가 누군데 그런 걱정을 하는 거야?"

그녀의 손이 루크의 가슴께에 닿았다.

우우웅.

익숙한 소리가 들려왔다.

자신의 코어가 일으키는 공명음이었다.

그곳에서 퍼져 나간 마나가 심장에 닿았다.

두근.

멈췄던 심장이 다시 뛰기 시작했다.

코어와 심장이 서로 주고받으며 박동했다.

새하얀 하늘 속에 스며들었던 루크의 일부가 모두 돌아왔다.

"이게 어떻게……?"

"내 코어와 심장을 네 몸에 넣어 뒀어."

우웅―!

두근!

코어와 심장이 울릴수록 그녀의 모습은 더욱 옅어졌다.

"아, 안 돼."

루크는 어떻게든 그녀를 붙잡기 위해서 버둥거렸다.

하지만 그의 손은 애꿎은 허공만 가를 뿐이었다.

"나름 1,000년이 넘도록 거뜬했던 코어와 심장이야. 세상에 둘도 없을 선물을 주는 거니까 감사히 여기라고."

그녀의 목소리가 점점 더 멀어져갔다.

루크는 그런 그녀를 향해 목이 찢어져라 외쳤다.

"이딴 거 다 필요 없으니까 다시 가져……."

그러나 루크의 말을 들어 줄 황탑주는 이미 빛 알갱이가 되어 사라진 후였다.

우웅―!

두근!

오직 그녀가 남겨 준 코어와 심장만이 그녀가 존재하였음을 확인해 주고 있었다.

후두둑.

루크의 눈에서 눈물이 떨어졌다.

그 눈물에서부터 빛이 터져 나왔다.

그 빛은 루크의 시야를 온통 뒤덮었다.

풀썩.

루크가 바닥에 힘없이 쓰러졌다.

그리고 그는 잠에 들었다.

―내가 네 덕분에 행복했듯, 이번엔 너도 모두의 곁에서

행복하기를 바라. 너는 충분히 그럴 자격이 있으니까.

그 마지막 순간, 크라이스의 목소리가 귓가에 맴돌았다.

루크와 마신 간의 대결이 끝나고 1년이 지났다.

그러나 대륙에는 여전히 마족들이 날뛰고 있었다.

멀빈이 대륙 전역에 마족들을 소환했을 무렵, 각 명문가는 대부분의 병력을 데리고 코넬리오 성으로 출발했다.

그 때문에 마족들을 초기에 저지하지 못했고, 그 결과 녀석들은 대륙 곳곳에 퍼지게 된 것이다.

아마 멀빈이 말했던 재앙이 바로 이런 상황이었으리라.

그러나 인류의 대응은 멀빈이 예상했던 것과는 전혀 달랐다.

"마족은 마룡처럼 사람들의 공포를 매개로 강해진다고 하오. 또 다른 마룡의 사태를 막기 위해서라도 우리는 대륙을 안정시키는 것에 힘써야 하오."

율리안이 가장 먼저 이야기를 꺼냈다.

"슈넬덴은 본가 복구에 앞서 먼저 마족 토벌대를 구성할 것이오. 모두들 최소한의 복구만 마친 후 마족 토벌을 위한 지원을 보내 주길 부탁하오."

"브리든은 최소한의 복구를 이미 마쳤소. 즉시 지원군을 보내도록 하겠소."

"교단도 마찬가지입니다."

"황탑은 교황님의 부재로 비상 체제이기는 하나, 최대한의 지원을 하겠습니다."

그것을 시작으로 브리든 제국과 가슈인 교단, 황탑이 뒤를 따랐고, 결국 대부분의 가문들이 율리안의 뜻에 동참했다.

멀빈의 예상과 달리 인간들은 가장 먼저 대륙의 전체 안전을 확보하는 쪽으로 합의한 것이다.

그뿐일까.

이 마족 토벌대에는 인간들만 포함된 것이 아니었다.

"대수림은 우리에게 맡겨 주시오. 필요하다면 가장 빠른 길도 안내하겠소."

"각자 필요한 무기는 우리에게 요청하시오. 그리고 드워프 전사들도 토벌대에 참가할 것이오."

"우리는 약속된 대가만 주면 된다."

엘프, 드워프, 오크할 것 없이 모두가 토벌대에 합류한 것이다.

전례 없는 규모의 연합.

이들의 구심점은 바로 루크였다.

루크가 인류뿐만이 아니라 세상을 위해 자신의 목숨을 던졌다.

그리고 그 모습을 모두가 똑똑히 목격했다.

 ─루크의 희생이 헛되이 되게 해서는 안 된다.

 테론 대륙의 모든 이들이 똑같은 생각을 했다.
 그렇게 구성된 마족 토벌대는 빠르게 마족들을 토벌했다.
 그중에서도 특히 가장 뛰어난 활약을 보이는 이는 바로 테
오 슈넬덴이었다.
 사람들 사이에서 테오는 이미 영웅으로 통하고 있었다.
 테오가 나타나면 언제나 사람들이 몰려들었다.
 "슈넬덴의 태양이 오셨다!"
 "마족들을 순식간에 처리하셨어. 역시 테오 님이시라니까."
 "곧 있으면 가주가 되신다지?"
 "현 가주님께서는 일전에 마룡의 군단과의 전쟁 때 입은
부상이 크대. 그래서 후임을 빨리 정했다는 소문이 있어."
 "저런…… 그래도 테오 님 같은 분이 가주가 되면 슈넬덴
은 걱정이 없겠군."
 테오가 이토록 널리 이름을 떨칠 수 있었던 이유는 그저
강한 무위 때문만이 아니었다.
 다른 토벌대 부대들과 비교해 훨씬 더 넓은 지역의 마족들
을 토벌하고 다녔기 때문이지.
 그는 말 그대로 동서남북을 가리지 않고 마족들을 토벌하

러 다녔다.

괜히 테오와 테오 사단 덕분에 마족을 토벌하는 작업이 훨씬 빨라졌다고 하는 게 아니었다.

그러나 테오의 활약이 계속될수록, 오히려 그 측근들은 테오를 더욱 걱정스러워했다.

"다들 수고했다. 다음 토벌 나갈 때까지 푹 쉬도록."

"예!"

브리데커가 토벌대를 해산시킨 후 테오에게 다가갔다.

브리데커의 얼굴엔 걱정이 가득했다.

"공자님도 좀 쉬시죠?"

"그래야지. 일단 거기부터 들르고."

"지금 며칠째 잠도 편히 못 주무셨는데, 잠깐 눈이라도 붙이고 가시죠."

브리데커는 진심으로 테오가 걱정됐다.

테오는 몇 달에 걸친 토벌이 끝나더라도 거처에 머무는 시간은 하루에서 이틀에 불과했다.

숙련된 슈넬덴의 기사들도 한 번 다녀오면 보름 이상의 휴식을 가져야 할 정도였다.

그러나 테오는 곧장 다음 토벌대와 함께 본가를 떠났다.

게다가 그는 토벌 중에도 하루에 두세 시간 정도 자는 것을 제외하고는 언제나 수련하거나 토벌에 나섰다.

그것이 테오가 대륙에서 가장 많은 마족을 토벌한 기사가 될 수 있었던 이유였다.

그러나 테오 측근의 입장으로 봤을 때는 저러다 몸이 망가지는 것은 아닐까 걱정이 되었다.

실제로 루크가 마신을 처치하고 설풍의 회랑으로 돌아왔을 때부터 여태껏 테오의 혈색은 점점 더 어두워져 갔다.

그가 이토록 몸을 혹사시키는 건 아마도 죄책감 때문이리라.

루크를 지키지 못했다는 죄책감 말이다.

"내 몸은 알아서 챙길 테니까 걱정 안 해도 돼."

테오는 대충 갑옷을 벗어 두고는 발걸음을 옮겼다.

"오랜만에 집에 돌아왔으니 인사는 하러 가야지. 잠은 그이후에 자도 돼."

테오는 곧장 설풍의 회랑으로 향했다.

그는 설풍의 회랑으로 들어오자마자 선조들의 묘에 차례차례 예를 취했다.

이윽고 루크의 묘 앞에 섰다.

"후우……."

테오는 루크의 초상화를 보며 한숨을 내쉬었다.

이곳에 설 때면 그는 항상 죄인이 된 것 같은 기분이었다.

아니, 이곳에 설 때만 그런 게 아니었다.

자신이 이 하늘 아래 서 있는 것 자체만으로도 루크에게 미안했다.

결국 이것들이 다 루크의 목숨을 대가로 있는 것들이었으니까.

'루크가 지켜 낸 것들을 나 역시 지켜 내야 해.'

그 이후로 머릿속에는 항상 이 생각만 가득했다.

그래서 이토록 쉼 없이 마족들을 토벌하러 다닌 것이다.

이렇게라도 하지 않으면, 도저히 루트를 볼 면목이 없었다.

설령 이로 인해 자신의 몸이 망가진다고 해도 상관없었다.

루크는 자신의 목숨까지 바쳤는데, 그깟 몸이 망가지는 것 따위가 대수겠는가.

"걱정 마라."

테오는 루크의 초상화를 보며 아련히 말했다.

"내 몸이 부서지는 한이 있더라도 마족들을 대륙에서 전부 몰아낼 테니까."

그것은 그가 설풍의 회랑에 들를 때마다 하는 다짐이었다.

이를 통해 약해지는 몸과 마음을 다잡을 수도 있었다.

그리고 테오가 몸을 돌리려 할 때였다.

"날 그렇게까지 생각해 주다니 감동인데?"

누군가의 목소리가 들려왔다.

"근데 형 몸이 부서지면 슈넬덴은 누가 지킬 거야?"

"이건 설마……."

테오는 헛웃음을 지었다.

"허, 진짜 피곤하긴 했나 보네. 브리데커 말대로 좀 쉬긴

해야겠어."

설마 이게 루크의 목소리일 리가 없었다.

아마 너무 피곤한 나머지 환청이 들리는 것이리라.

'이 모습을 경비대한테 보였다면 또 아버지가 난리를 치셨 겠지.'

도리도리.

짝!

테오는 고개를 몇 번 휘젓고는 자신의 두 뺨을 세차게 때 렸다.

이러니 조금은 정신이 드는 것 같았다.

그는 다시 맑은 정신으로 회랑을 나서려 했다.

"뭐야? 이제는 좀 강해졌다고 내 말은 다 무시하는 거야?"

"어어⋯⋯?"

테오는 루크의 묘 쪽으로 고개를 휙 돌렸다.

루크의 묘 뒤쪽에서 누군가 걸어 나왔다.

그 모습을 본 테오가 눈을 부릅떴다.

회랑 내가 어두운 나머지 그의 얼굴이 잘 보이지 않았다.

그러나 그 실루엣이 너무나 익숙했다.

테오는 안력을 더욱 돋우었다.

"서, 설마⋯⋯!"

눈앞의 광경을 도저히 믿을 수가 없었다.

"뭘 그렇게 놀라? 유령이라도 봤어?"

거기엔 루크가 미소를 지으며 서 있었다.

환영이 아니었다.

정말로 루크가 살아 움직이고 있었다.

"어, 어떻게, 어떻게……!"

테오는 너무나 충격을 받은 나머지 계속 '어떻게'라는 말만 반복할 뿐이었다.

"뭐, 그렇게 됐어."

루크가 어깨를 으쓱하며 대답했다.

그러자 테오는 주먹을 꽉 쥐고 루크에게 휘둘렀다.

"이, 나쁜 새끼야!"

"오랜만에 본 동생한테 냅다 주먹질이야?"

루크는 그 주먹을 너무나 가볍게 피하며 말했다.

"더럽게 빠르네."

"가주직도 물려받는다더니, 고작 그 정도로 슈넬덴의 가주가 될 수 있겠어?"

"으으으, 젠장!"

테오는 다시 한번 루크에게 주먹을 휘둘렀다.

이번에도 루크는 너무나 쉽게 공격을 피했다.

쿠당탕!

테오는 그만 중심을 잃고 넘어졌다.

루크가 그런 테오의 어깨 위에 손을 올렸다.

"나 돌아왔어. 그러니까 이 위에 있는 짐은 좀 내려놔."

"흑흑."

그날 테오는 그 자리에 주저앉아 한참을 울었다.

"그러니까 황탑주께서 자신을 희생하고 너를 살리셨다고?"

"응."

"어쩐지 갑자기 황탑주께서 사라지시고 황탑이 비상 운영 체제에 들어갔더라니."

루크는 자신이 죽은 후에 있었던 일을 말해 주었다.

물론 그의 진짜 정체와 관련된 이야기는 빼 두었지만, 그것만으로도 설명하기엔 충분했다.

"황탑주님께서 큰 희생을 하셨구나……."

황탑주는 말 그대로 영생을 지녔던 호문쿨루스였다.

그런 자가 자신의 목숨을 바쳐 누군가를 구하다니.

물론 테오 본인은 거리낌 없이 그런 선택을 했을 것이다.

그러나 그건 루크가 자신의 동생이기 때문이지, 피 한 방울 섞이지 않은 타인에게 그런 선택을 기대할 수는 없다.

그렇기에 황탑주가 대단하다고 생각한 것이다.

하지만 그것과는 별개로 테오는 아직 루크에 대한 화가 다 풀린 건 아니었다.

"근데 부활했으면 당장 말해 주면 되지, 왜 여태껏 숨어 있었던 거야?"

"사실 나도 일어난 지 얼마 안 됐어."

루크가 억울하다는 듯 말했다.

"황탑주님이 준 코어와 심장이 자리 잡는 시간이 필요했어. 그게 한 1년 정도 걸린 거고."

"그랬구나……."

테오는 괜히 머쓱해졌다.

"뭐, 좀 더 무리하면 빨리 눈을 뜰 수도 있었겠지만, 내가 보기엔 형이 잘해 주고 있는 것 같더라고. 그래서 당분간 회복에 더 집중하기로 했지."

"그, 그래?"

루크의 칭찬에 테오는 밝게 웃었다.

그러다 갑자기 뭔가 생각났는지 멈칫했다.

"잠깐…… 그럼 잠들어 있는 동안 내가 했던 말을 다 들었다는 거야?"

"뭘 들었냐는 거야? 내 앞에 주저앉아서 제발 돌아오라고 울고불고했던 거……?"

"으아아아아아악!"

테오는 얼굴이 시뻘게져서 소리를 빽 질렀다.

"하, 하지 마."

"루크, 내가 미안해. 내가 조금만 더 강했더라면……."

"하지 말라고!"

테오가 루크의 입을 막으려 했다.

그러나 아직 그는 루크를 따라잡을 수 있는 속도가 아니었
다.

털썩.

"그래, 날 죽여라, 죽여!"

결국 테오는 한참이나 루크에게 놀림을 당한 나머지 바닥
에 주저앉았다.

루크가 그 앞에 함께 앉았다.

그의 표정도 꽤 즐거워 보였다.

"그래서 이렇게 돌아왔는데, 이제부터 뭐 할 거야?"

"당연히 숨어든 마족 놈들부터 잡아다 족쳐야지."

루크가 섬뜩한 목소리로 말했다.

테오 입장에선 그 섬뜩함이 이렇게나 믿음직스러울 수가
없었다.

"근데 그 전에 본관부터 들러야 할 거 같아. 아버지한테도
불효자가 돌아왔다고 말씀드려야지."

"너, 괜찮겠어?"

"그게 무슨 소리야?"

"너 계속 죽은 척한 거 말이야. 나야 그냥 이렇게 넘어갔
지만, 아빠는 절대 가만 안 둘걸."

"……."

루크는 잠깐 뭔가를 생각하더니 몸을 부르르 떨었다.

"설마 죽다 살아난 아들을 다시 죽이진 않겠지?"

"모르지. 너 심장이랑 코어가 튼튼한 걸 아시고 풀 파워로 회초리질을 할지."

"흠……."

루크는 고개를 끄덕이다가 테오를 보았다.

"형, 나 좀 도와줄 거지?"

"내가? 왜?"

"그러지 말고, 불쌍한 동생 좀 살려 줘라."

"글쎄, 네가 이 비밀을 끝까지 묻어 준다면 적극적으로 널 변호해 볼 수도 있고."

"오케이, 콜."

루크는 손가락을 튀기며 대답했다.

"매도 먼저 맞는 게 낫다고 지금 바로 출발하자."

루크가 벌떡 일어났다.

테오도 그를 따라 일어나며 말했다.

"루크."

"왜?"

"돌아와 줘서 고마워."

씨익.

루크는 미소를 지었다.

"형이야말로, 잘 지키고 있어 줘서 고마워."

죽은 줄 알았던 루크가 부활했다.

이 소문은 순식간에 대륙 전체로 퍼져 나갔다.

처음엔 사람들 사이에 소문이 무성했다.

흑마법과 같은 사술로 루크를 되살린 거라더라.

루크가 데스 나이트가 된 거라더라.

그 대가로 산 제물 수만 명을 바쳤다더라 등등.

결코 쉽게 믿을 수 없는 사실에 사람들 사이에서는 온갖 음모론이 나돌았다.

하지만 그 음모론이 싹 들어가는 데는 한 달도 채 걸리지 않았다.

루크는 밤낮없이 대륙을 누비며 마족들을 몰아낸 덕분이다.

저토록 아름다운 눈송이를 흩날리며 마족들을 몰아내는 루크가 사악한 존재일 리 없었다.

곧 사람들은 하나같이 이렇게 부르짖었다.

슈넬덴의 두 태양이 다시 떠올랐다!

대영웅 루크의 설풍이 대륙을 휩쓸고 있다!

그 소문대로 루크와 테오가 이끄는 토벌대는 순식간에 대
륙에 남은 마족들을 처치했다.

　총 1년 5개월.

　마족 토벌대가 남은 마족들을 몰아내고, 각자의 가문을 재
건하는 데 소요된 시간이었다.

　슈넬덴도 마룡의 군단과 마족들에 의해 파괴되었던 본가
를 모두 복구했다.

　"생각보다 오래 걸렸구나."

　율리안은 다시 세워진 본가 건물을 보며 말했다.

　"대륙 전체를 이 잡듯이 뒤져서 마족들을 축출했으니까
요. 이마저도 루크가 없었다면 최소 2년은 더 걸렸을걸요."

　테오는 흡족한 얼굴로 말했다.

　그러고는 루크에게 동의를 구하듯 고개를 돌렸다.

　하지만 테오는 한동안 루크와 떨어져 있으면서 루크가 어
떤 인물인지 까먹어 버렸다.

　"아니지."

　루크의 목소리가 한겨울의 설풍보다도 차갑게 들려왔다.

　"응?"

　"지금 이게 17개월이나 걸릴 일이야?"

"아, 그, 그게…….."

"나한테만 맡겨 줬으면 반년도 안 걸렸어."

"그건 네가……."

"내가 뭐?"

"네가……."

괴물 같은 놈이니까 그렇지.

테오는 그 말을 속으로 삼켰다.

괜히 이야기해 봐야 좋을 게 없다는 사실이 머릿속에 떠오른 것이다.

"마족 잔당 토벌도 오래 걸려, 건물 복구하는 데도 한세월이야. 이게 다 수련이 부족하다는 게 내 결론이야."

테오는 속으로 지금쯤 복구 작업을 마치고 쉬고 있을 슈넬덴 기사들에게 사과했다.

'아무래도 너희를 지켜 주지는 못할 것 같다…….'

이대로 꼼짝없이 루크와의 수련에 들어가야 할 것 같았다.

어쩌겠는가, 이것이 슈넬덴인 것을.

테오가 체념하고 수련 준비를 하려고 할 때였다.

다행히 테오와 슈넬덴의 기사를 살리는 구세주가 나타났다.

"수련도 좋다만 아직 슈넬덴의 복구가 다 끝나지는 않았구나."

율리안의 말에 테오가 고개를 갸웃했다. 본가의 복구 작업도 마친 판국에 더 할 일이 뭐가 있단 말인가.

루크 쪽을 보니 루크는 이미 알고 있는 것 같았다.

"아직 뭐가 남았는데요?"

"그건……."

율리안이 괜히 뜸을 들였다.

뭔가 중대 발표를 하려는 모양이었다.

"새 술은 새 부대에 담으라는 말이 있지 않더냐. 이렇게 새로이 일어난 슈넬덴을 이끌어 갈 가주를 임명하는 것이지."

"그것도 그러네요!"

테오는 자연스럽게 루크를 보았다. 어느 모로 보더라도 차기 가주는 루크가 더 잘 어울렸으니까.

시샘은 조금도 나지 않았다.

본인이 생각해도 루크보다 나은 가주는 없을 것이다.

루크라면 지난날 설풍검제 시절의 전성기를 구가할 수 있으리라.

어쩌면 그 이상의 가주가 될지도 몰랐고.

그러나 정작 루크가 자신 쪽을 향해 박수를 치고 있었다.

짝짝짝.

"축하해."

"축하한다."

율리안도 박수를 쳐 주었다.

대체 이게 지금 무슨 상황일까.

테오는 이해가 되지 않았다.

"저, 저라고요?"

"그렇단다."

"제가 왜……?"

테오는 얼떨떨한 얼굴로 물었다.

"그 이유는 루크에게 직접 물어보거라."

"난 형이 충분히 슈넬덴을 이끌 수 있다고 생각해."

루크가 자연스럽게 이어받아 대답했다.

"네가 없던 1년 동안의 기간을 말하는 거야? 그건 너의 몫까지 해야 했기 때문이잖아."

"그것 때문만은 아니야. 내가 코넬리오 성에서 내 모든 걸 걸고 설풍검 13식을 쓸 수 있었던 것도 형이 충분히 슈넬덴을 이끌 수 있다고 생각해서였으니까."

"하지만 슈넬덴에서는 더 강한 사람이 가주가 되어야 한다는 가치이……."

"그건 그렇긴 한데, 나는 따로 할 일이 있어서 말이야. 그래서 아버지한테 부탁했어. 내가 슈넬덴의 가주가 될 순 없다고."

"할 일이라니?"

테오가 고개를 갸웃하며 물었다.

루크는 그저 희미한 미소만 지을 뿐이었다.

"오랜 친구에게 진 빚을 좀 갚으려고."

"오랜 친구에게 진 빚?"

테오는 고개를 갸웃했다.

"있어, 그런 게."

루크는 의미심장한 미소를 지을 뿐이었다.

❦

슈넬덴가에서 전례 없이 큰 연회가 열렸다.

지난날 브리든 제국의 연례행사였던 만국연회를 능가하는 규모의 연회였다.

이번 연회의 표면적인 목적은 마족을 모두 몰아내고 대륙에 평화가 찾아왔음을 선언하는 승전식이었다.

당연히 브리든 제국을 포함해 토벌대에 참가했던 모든 세력의 대표들이 참가하는 것은 당연한 수순.

비단 그들뿐만이 아니었다.

슈넬덴은 이제 명실상부 대륙 제일의 가문이 되었다.

대륙제일가가 여는 연회이니만큼 대륙에 있는 상단, 교단, 마탑 할 것 없이 모든 이들이 대표를 보냈다.

무엇보다 이렇게 많은 사람들이 모인 이유가 있었으니.

바로 오늘 이 자리에서 이 대륙제일가의 차기 가주가 발표되었다.

앞으로 최소 30년을 넘게 대륙을 이끌어 갈 사람이 정해지는데 누군들 얼굴도장을 찍고 싶지 않겠는가.

"크흠."

화려하게 장식된 연회장, 그 단상 앞에 더욱 화려한 옷을 입은 율리안이 섰다.

그가 나타나자 모두의 시선이 그에게로 모였다.

현시점 대륙에서 가장 강한 힘을 가진 인물의 연설이 시작되는 순간이었다.

"모두들 이 자리에 함께해 주어 고맙소."

지난날, 남의 기분을 맞추기 위해 급급하던 율리안의 모습은 이제 완전히 사라졌다.

지금은 실로 대륙제일가의 가주다운 모습이었다.

루크는 그런 율리안을 보며 속으로 뿌듯해했다.

"우리는 지난날 대륙에 숨어들었던 위협을 처치하는 데 함께하였소. 그리고 마침내 그 위협을 모두 제거했소. 대의를 먼저 지켜 준 그대들에게 감사함을 전하오."

짝짝짝짝.

사람들의 박수가 쏟아졌다.

"슈넬덴 가주께서 우리를 좋은 방향으로 이끌어 준 덕분이오."

"동의합니다. 슈넬덴이 없었다면 이리되지 않았을 것이오."

몇몇 가주들은 더욱 적극적으로 반응했다.

"그리들 말해 주니 고맙소."

율리안은 손을 들어 연회장의 분위기를 진정시켰다.

박수갈채가 순식간에 잦아들었다.

그들도 알고 있었던 것이다.

이제부터가 바로 이 연회의 진정한 목적이라는 걸.

"우리는 마족들을 토벌한 후부터 슈넬덴 본가를 복구하였소. 마침 복구는 다 되었건만, 이토록 새로워진 슈넬덴이니만큼 새로운 인물이 이끄는 것이 적합하지 않을까 생각이 들었소."

모두가 긴장한 채로 율리안의 다음 말을 기다렸다.

율리안의 눈이 슬쩍 테오를 향했다.

테오는 바짝 긴장한 채로 앉아 있었다.

"테오 슈넬덴."

율리안이 테오의 이름을 부르자 테오가 벌떡 일어났다.

"묻겠다. 그대는 인류의 방패로서 슈넬덴의 신념을 끝까지 지켜 낼 자신이 있는가?"

"물론입니다."

"또한 슈넬덴의 비전을 끊임없이 발전시켜 나갈 책임이 있음을 알고 있는가?"

"검을 잡는 그 순간부터 가슴 깊이 새기고 있었습니다."

테오가 예를 갖춘 채로 쩌렁쩌렁하게 대답할 때마다 사람들의 박수를 쳐 주었다.

"지금 네가 이곳에서 했던 말들은 테론 대륙의 모두가 들었고, 이를 공중할 것이다. 너는 결코 이날의 맹세를 잊지 않아야 할 것이다."

"절대로 잊지 않겠습니다."

처억.

테오의 대답을 들은 율리안은 자신의 허리에 차고 있던 검을 뽑아 들어 올렸다.

그건 슈넬덴 가주를 상징하는 설산의 검이었다.

"나 율리안 슈넬덴은 슈넬덴의 가주로서 선포한다."

그는 테오에게 직접 걸어가 설산의 검을 내주었다.

"위대한 설풍의 수호자 슈넬덴의 다음 가주로서 테오 슈넬덴을 임명하겠다."

짝짝짝짝짝!

그 말과 함께 테오를 향해 박수가 쏟아졌다.

그중에서도 루크의 박수가 가장 우렁찼다.

"모두들 이렇게 축하해 주어 고맙소. 그럼 우리 가문의 내부적인 일은 끝났으니, 본격적으로 승전 기념식을 시작하겠소!"

율리안의 선언과 함께 음악이 연주되고, 승전을 기념하는 연회가 시작되었다.

연회가 끝난 다음 날.

이른 아침.

루크가 소청관을 나섰다.

이렇게 새벽에 나오는 것이 왠지 모르게 익숙했다.

환생한 직후, 빚쟁이들로부터 슈넬덴을 지키기 위해 제 무덤을 찾아 슈넬덴 산을 올랐던 당시가 딱 이랬다.

루크는 주변을 한 바퀴 빙 둘러보았다.

굳건히 서 있는 그레이턴 방벽부터 새롭게 지어진 슈넬덴의 본관, 그리고 그 속에서 들려오는 새벽 수련 소리.

'그때랑 비교하면 정말 많이 달라졌어.'

이 정도면 저승에 가서 전우들을 만나더라도 할 말은 있으리라.

슈넬덴을 되돌려 놓았다고.

아니, 그보다 더 나아가 슈넬덴을 대륙제일가로 만들었다고.

마음속 한구석을 짓누르고 있던 짐을 벗어 던진 기분이었다.

루크는 눈을 감고 이 홀가분함을 만끽했다.

물론 아직 모든 일을 해결한 건 아니었다.

모든 짐을 다 벗어 던졌다고 생각했더니, 본의 아니게 또다시 짐이 생겨 버렸다.

이제는 이 빚도 갚아야 하리라.

루크가 막 발을 떼려고 할 때였다.

"어딜 가는데 가방에 짐이 그렇게 많이 든 거야?"

이 역시 익숙한 대사였다.

그 당시 테오가 루크에게 했던 말이었다.

"가는 길에 필요한 물건들."

"그러니까 어딜 가는데 그런 게 필요한 거야?"

"좀 험한 곳으로 가거든."

그 둘은 예전의 대화를 떠올리며 말을 주고받았다.

"서쪽 끝으로 간다고 했지? 거기 산다는 대현자를 만나러?"

"맞아. 그자라면 황탑주님의 코어를 만들어 줄 수 있을 것 같거든."

"정말 그런 자가 있어?"

"확실해. 설풍검제의 기록에도 남아 있거든. 문제는 거기까지 가는 길이 좀 험난하다는 거지만."

사실 좀 험난한 수준이 아니었다.

설풍검제 시절에도 꽤나 힘들었던 길이었다.

그렇게 도착하더라도 대현자가 있을 거라고 확신할 수는 없었다.

마지막으로 대현자를 만났을 때, 그는 깨달음을 얻기 위해 다른 차원으로 떠날 준비를 하고 있다고 했으니까.

계획대로 되었다면 아예 다른 차원까지 가는 것도 염두에 둬야 했다.

물론 이번엔 이 모든 위험에 대해서 테오와 율리안에게 모두 말해 주었다.

  처음에는 그들도 반대했지만, 루크가 워낙 완강한 탓에 어쩔 수 없었다.

  "휴, 그래."

  테오는 체념한 듯 한숨을 내쉬었다.

  "제발 멀쩡히 돌아와라."

  "가주님의 명이니 무조건 따르지요."

  "가주가 아니라 형으로서 동생에게 하는 말이야."

  "걱정하지 마. 만약 대현자가 다른 차원에 있다면, 그 차원 놈들이 각오해야겠지."

  "……."

  테오는 잠시나마 그 모습을 상상해 보았다.

  모르긴 몰라도 그곳 역시도 적잖은 소동이 일어나리라.

  "그래, 그럼 다녀와."

  테오의 인사에 루크가 웃으면서 대답했다.

  "반드시 다녀올게."

  《망한 가문의 검술 천재가 되었다》 마칩니다